Helga Glantschnig

Mirnock

Roman

Literaturverlag Droschl

Möglich, daß ich es anders wünschte. Der große Bruder legt beschützend den Arm um die Schulter, während sich Hals und Kopf nach hinten drehen, um vielleicht zur rufenden Mutter zu schauen, die linke Hand zeigt zum Objektiv, als ob sie aus dem Foto herauswinkte, der Wunsch, selbst in die Linse zu blicken, entzückt vom Schönsein, Plappern und Zwitschern, die Haare bedecken gerade die Ohren, sind im Bereich der Stirn zu einem Schopf hinaufgebürstet, von einer Schleife gehalten, ein kleines Mädchen mit einer großen Masche im Haar, sie ist das Hellste auf dem Foto, anständig, asymmetrisch, welliger Rocksaum, das Sonntagskleid bauscht sich um die Schenkel, übersät mit Blütenblättern, über dem Oberteil ein knopfloses, kapriziöses Jäckchen, die Ärmel reichen bis zu den Ellbogen, in der angewinkelten rechten Hand ein Bund Pfingstnelken, die Beine in einer faltenwerfenden Strumpfhose, auf Wadenhöhe abgeschnitten, nicht der leiseste Fleck, die Terrasse kahl, in der rechten oberen Ecke eine Gruppe von jungen Sträuchern, links unten etwas Dunkles, Trübes, ein Schatten, Schrecken vielleicht.

Im Hintergrund der von Gras gesäumte Lattenzaun des Nachbarn, strotzendes Gebüsch, die Hände umfassen den Holzgriff des Puppenwagens, wie unzertrennlich, mit durchgestreckten Knien stehen die Beine auf dem geschotterten Weg, breitfüßig, eine Spur X-förmig, unter der gemusterten Schürze schaut ein einfärbiger Rock hervor, herabgelassener Saum, die knappe Strickjacke klafft über dem Pullover, verfilzte, rundliche Arme, die Strumpfhose ist offensichtlich nicht dieselbe wie die auf dem Foto mit dem Sonntagskleid, stärker gerippt, staut sich um Knie und Knöchel, eine Falte läuft diagonal den Unterschenkel entlang, die Schleife im Haar zum Verwechseln ähnlich, an den Füßen kompakte Schuhe mit genähtem Rand, die Riemen merklich dunkler, Schuhe, um auf ein Podest oder einen Berg zu steigen, über einen Bach zu springen, etwas Unruhiges, Unwägbares, der Kopf ganz leicht geneigt, halb lächelnd blicken die Augen geradewegs ins Objektiv oder auf etwas weit Entferntes, ungefähr dahin, von wo die Helligkeit kommt.

★

Auf allen Seiten kreuzen sich die Bergrücken, Berge wie hingelagerte Tiere, abgeflachte, fahlbraune Kuppen. Breit und wuchtig baut sich der Hausberg auf, der mächtige Rücken einer Kuh, riesiger Hintern. Er schaut auf den Ort, als ob er sich unablässig in den Vordergrund schieben wollte, das enge Tal gegen Süden hin abschirmend. Düsterbewaldet die steilen, schattseitigen Hänge, der sonnenärmste Teil des Ortes danach benannt, Schattseite. An den umliegenden Seiten kleben kleinere Dörfer, hoch oben klammern sich die Holzhäuser der Bergbauern an die Hänge, Ställe und Stadel, in zahlreichen Kehren steigen weitverzweigte Wege und Güterwege bergan, Äcker und Wiesen helle Nischen in den Wald brechend.

Auf den ersten Blick ein Industrieort, das Werk beherrscht die westliche Ortseinfahrt. Ungastlich breiten sich am Fuß einer Geröllhalde die langgezogenen Hallen aus, die Gebäude der Steinfabrik, die dichtgedrängten Nebengebäude, all die verschachtelten und schachtelförmigen Bauten, zwischen den Dächern ragen die Rauchfahnen, Rauchsäulen ausspuckenden Schlote empor, die insgeheimen Wahrzeichen, ehemals, der Rauch an manchen Tagen weithin sichtbar.

In der Talsenke, eng eingebettet, das Zentrum der Gemeinde, unter dem Berg sich duckend, kein Brunnen, Springbrunnen, das Fehlen eines Platzes. Entlang der Hauptstraße reihen sich ein- bis zweistöckige Wohn- und Geschäftshäuser, aufgefrischte Fassaden, dazwischen die eingeschüchterten Dorfreste, das älteste Haus, vor dem Verfall gerettet, zwischen den Holzblöcken hellere Fugendichtungen.

Zwei Schuhgeschäfte machen sich Konkurrenz, eine Handvoll Lebensmittelgeschäfte, Gasthäuser, Geschäfte auch für andere Waren, darunter ein Hutgeschäft mit italienischem, eine Drogerie mit biblischem Namen, ein Moden- und Spielwarenhaus. Ausladende Schaufront, der Name weniger klangvoll, das Spielzeug nagelneu, beckenschlagende Affen, Sprechpuppen, Telefon und Kaufmannsladen, nie erschöpfende Anblicke, später errichtete man darin einen Supermarkt.

Kurz bevor sich die Hauptstraße eng in die Kurve biegt, führt sie über ein ausgemauertes Bachbett. Das Wasser, zwischen den Bergen aus dem Graben herausbrechend, wälzte sich im Frühling braun und tosend dahin, führte den geschmolzenen Schnee, Äste, im Sommer schwoll es nach Gewitterstürzen für Stunden an, ein Strudeln und Wirbeln, Dröhnen und Brüllen, Rauschen aus allen Winkeln, ein schäumender Angriff, der allmählich wieder ausklang. Das Wasser, zu spüren, zu riechen, im Morgenlicht, in den Nachmittagswinkeln, wenn der Nebel von den Bergen herunterkroch.

Alle ähnlich und alle verschieden, ein Haus wiederholt das andere, gut ein Dutzend Eigenheime, geplant für zwei Familien, nach demselben Grundriß gebaut, eigenhändig errichtet, vor und nach der täglichen Arbeit, mittels Sparbauweise und Nachbarschaftshilfe. Das Obergeschoß eine Mansarde und das Giebeldreieck mit Holz verkleidet, verschalt. An der Stirnseite ein Balkon, Gitterstäbe oder Holzsprossen, Balken flankieren die Fenster. Die Obstbäume und Sträucher im Anwachsen begriffen, die Gärten von Lattenzäunen oder Maschendraht eingefaßt. Sonnige Südlage, die über dem Ort gelegene Siedlung war einst ein terrassenförmig ansteigendes Feld, zum Besitz eines Bauern zählend, alle Parzellen bis auf eine verbaut. Die obere Reihe der Häuser zeigt die Vorderseite, die untere die Rückseite.

Die Linie jedes Beetes, der Ort jeder Pflanze, die Blüten jedes Strauchs, die Form jedes Baums, der Garten wie eine Schultafel, in klarer Anordnung Kreise und Quadrate und

Rechtecke gezogen. Die Auffahrt an der Garagenseite parallel zur Eingangstreppe, das Spalier der Obstbäume parallel zum Zaun, die Apfelbäume auf der Längsseite, die Birnbäume auf der Breitseite, die Reihe der Ziersträucher, desgleichen die Ribiselstauden, Lupinenbüsche, die Stöcke der Pfingstrosen, akkurat aneinandergereiht. Hinter dem Haus spitze, hohe Gräser, ihr Drängen und Schmiegen, Hollerstauden, Haselsträucher, Erlengebüsch den Hang hinauf, Bäume höher und höher, dichtes Gehölz.

Kein Asphalt bedeckte den Weg, von keinen Straßenlaternen beleuchtet, aber die Füße wirbelten Staub auf, der sich lautlos wieder setzte, in einer Steigung führte der Weg kurvig aus der Siedlung hinaus, im Winter eine Schlittenbahn. Das Fehlen eines Autos machte sich ebensowenig bemerkbar wie der nichtvorhandene Fernseher, das Gefunkel geschliffener Gläser, weder Einbauschränke noch Tapeten nahmen die Wände in Besitz, und unbestimmt reifte die Zukunft. Kein Telefon, kein Kühlschrank summte, aber eine Menge freier Ecken und die Verheißung künftiger Anschaffungen.

★

Etwas drang in den Halbschlaf, frisch und unerprobt, Morgenlicht, Morgensonne, eine Stille, leer und groß, dann ging eine Tür, eilige Tritte, das Knarren der Stufen. Ein bestimmter Rhythmus, wie er die Stiege hinunterging, da war etwas Federndes, Lockeres, Hüpfendes, als ginge es zu einem luftigen Ereignis. Vater stand immer als erster auf, halb im Morgengrauen. Atemzüge kamen aus dem Garten, keuchende Atemstöße. Bloßfüßig trat ich auf die Balkonbretter, den Schlaf aus den Augen wischend oder etwas anderes, während er sich, mit kurzer Hose und Unterhemd bekleidet, zu einem Sprung duckte, Klimmzüge an der Wäschestange machte, im Handstand mit leicht hin- und herschwankenden Beinen die Längsseite des Gartens abschritt. Die Vögel zwitscherten konkurrenzlos.

Hervorstechende Schulterblätter, die Tür ins Badezimmer stand offen, Vater spülte den von Zahnpasta schäumenden Mund aus, ließ, im Unterhemd vor dem Badezimmerspiegel stehend, Wasser ein. Er befeuchtete das Gesicht, rührte mit dem Rasierpinsel auf der Seife. Weiße Kleckse, vollbärtig, voll Schaum bearbeitete er die Wangen, führte eine Art schälende Bewegung aus, leises Knistern. Mit der freien Hand die Haut straffend, zwischendurch die Klinge ins Wasser tauchend, die Tropfen abschüttelnd. Er stülpte, um das Gebiet unterhalb der Nase zu spannen, die Oberlippen über die Zähne, daß kein Barthaar ungeschoren. Blieb die Klinge hängen, tropfte ein Blutfaden ins Wasser, Blutspur. Zuletzt die Halspartie, das Kinn nach vorn streckend, die Kehle. Er wusch das Gesicht, nahm ein Handtuch, Überprüfung im Spiegel, zog den Stöpsel heraus, schwenkte den Hahn hin und her. Verzicht auf Rasierwasser, das Stoppelige wie wegradiert. Das Wasser blubberte in den Abfluß.

Wenn die Milch überlief, riß er die Fenster auf, machte Durchzug, die Zubereitung des Frühstücks fiel gewöhnlich in sein Ressort. In der Kochnische stand neben dem Elektroherd zusätzlich ein Sparherd, der größere Teil des Raums als Wohnküche eingerichtet, die Kredenz, die Möbel alle weiß gestrichen, das niedere Kastl für das kistenförmige Radio. Der Boden von hellem Linoleum überzogen, die Küche strahlte eine freundliche Wärme aus.

Vater hob den Deckel von der Rein, um mit dem Kochlöffel vom dampfenden Sterz zu kosten, streute noch etwas Salz darauf, schaltete die Platte ab, ließ die Rein eine Weile zugedeckt stehen. Er stellte die pastellfarbenen Tassen und Teller auf den Tisch, im Wachstuch Risse wie alte Wunden. Sonntags rührte er mit dem Handmixer den abgeschöpften Rahm, der die Woche über zusammengekommen war. Der weiße Gupf auf dem Milchkaffee, Krönung des Frühstücks.

Im Winkel über der Eckbank das Kreuz, von der Decke hing ein Porzellanschirm mit gewelltem Rand, fast in Form einer Schüssel. An der Wand gegenüber der strapazierte Diwan, Polster an der bespannten Wand, die Diwanecke war der gemütlichste Ort in der Küche, Futterplatz, Krankenlager, Ablage fürs Kleiderzeug, Hilfsmittel gegen Wut und Weh, ein vertrautes Gebiet.

Mit beiden Händen zog ich die Tasse bis zur Tischkante, argwöhnisch, die Milch von Haut überzogen, die sich kräuselte, wenn man blies. Je länger das Trinken hinausgeschoben wurde, desto dicker und fester, desto grauslicher. Ich hob die Haut vorsichtig ab, streifte sie auf den hinteren Rand der Untertasse, wo sie verschrumpelte. Jeden Morgen der Verdacht, daß ein Fetzen am Gaumen picken bleiben könnte. Zwangsläufig fischte ich mit der Löffelspitze danach. Vater ließ die Haut über die Lippen schlüpfen, eine Lappalie. Die Sterzrein stand in der Mitte, alle wandten sich ihr gleichzeitig zu, fuhren mit dem Löffel in die maisgelbe Masse, holten Marmelade aus dem Glas, die hausgemachte Marmelade unerläßlich, fehlte nie. Vater schöpfte mit dem Suppenlöffel, Mutter tauchte den aufgehäuften Löffel noch in den Kaffee. Gierig griffen die Finger nach der Sterzkruste, die Vater, nachdem die Rein ausgelöffelt war, mit einer Gabel vom Boden schabte, knuspriger Genuß, auch die Brüder rissen sich um die Krustenstücke. Sterzkrümel zwischen den Zähnen, Sterzbrösel sprenkelten das Tischtuch, fanden sich in den Bankritzen, in den Marmeladegläsern, jede Menge Spuren.

Auf nackten Sohlen tappten die Füße über kantige Steine zur Sandkiste, daneben der Komposthaufen, wo Küchenabfall verfaulte, am Gartenrand. Die Knie bohrten sich in den Sand, die Zehen vergruben sich darin, die Hände wühlten, ließen die körnige Masse durch die Finger rinnen. Oberhalb der Knie fast nicht mehr vorhanden, hockend und die Beine weit gegrätscht. Schaufel, Kübel, Sieb, Sand mit Wasser gerührt, das schmeckte nach nichts, doch die Masse ließ sich in Formen füllen. Sandkuchen wurden aufgestellt, unbeständige Kuchen, die lautlos entzweibrachen, Burgen und Berge, die die Füße wieder flach stampften. Sandkörner rieselten hierhin, dorthin. Die Hand fuhr unter den Hosengummi, wischte ihn weg. Mit der Schürze putzte ich die Finger ab, während der kleine Bruder den Mund an den Sand drückte, die Finger einzeln abschleckte, lachte, als schmeckte es ihm. Flachsblonde Lokken um den Kopf, Wangen wie reife Marillen. Die Polster der Hände, die fleischigen Beine, passend zur speckigen Lederhose. Ein Schubser, ein Stoß, etwas verfiel in Wut, eher mehr als weniger. Ein Plärren, daß die ganze Umgebung. Dunkel durch die Hautschicht zu sehen, ein Splitter im Handballen, vom ausgefransten Holz der Umrandung, der Splitter ließ keine Ruhe, sich durch kein Herumdrücken entfernen. Vater für einen Moment ganz davon in Anspruch genommen. Die Haut zusammenpressend, spießte er eine Nadel ins Fleisch, drückte die Spitze heraus, nahm den Splitter zwischen eine Pinzette, zog langsam, bis er draußen war.

Ständig verlangte etwas nach Arbeit, was im Augenblick wuchs, wucherte. Gartenpflege, Gartenglück, im Gemüsegarten steckten die Palmbuschen. Mit den geweihten Zweigen, an denen bunte Bänder, Brezeln und Äpfel hingen, waren wir am Palmsonntag, in Wetterflecke gehüllt, dreimal ums Haus gelaufen, um es gegen Hagel und Blitzschlag zu schützen, tief im Busch eine Orange. Vater scharrte das gemähte Gras mit dem Rechen zusammen, schnitt mit der Sichel die Halme um die Stämme ab, die die Sense nicht erfaßt hatte. Während Mutter in den Rabatten Unkraut, das Wilde mit roten Plastikhandschuhen, mitsamt den Wurzeln tilgte. Das Kramperl hob sich und fiel. Sie wühlte tonangebend in den Schollen, hackte im Kraut, zwischen den Salatköpfen, Kohl, Kohlrabi, nahm ein Beet nach dem anderen in Angriff. Sie schüttelte die rankenartigen Gewächse, damit sich die Erde löste, schmiß sie in einen Eimer. Unter der Schürze quoll der Unterrock hervor, Mutter bestand nur noch aus Rücken und Schürzenmasche, an den Schuhen Braunes.

Bald sonnige, bald schattige Bereiche. Beharrlich redete ich auf den Hasen ein, öffnete die Gittertür des Holzverschlags in der autofreien Garage, warf frisches Gras hinein, steckte selbst Halme in den Mund, zerbiß, schluckte sie, wartete, bis der Hase zu fressen anfing, als müßte er sich davon beeindrucken lassen. Die Lust auf scharfe Grashalme, ich zog sie durch die

Finger, wählte, der Versuchung nicht widerstehen könnend, den schärfsten, wie eine Klinge schnitt er in den Mundwinkel, Brennen, kleines Bluten, süßlich und warm.

Der Baum stand in der unteren Zeile der Obstbäume, die von unten besehenen Blätter heller und durchscheinend, durchzogen von einem Netz von Äderchen, von Flüssen und Nebenflüssen. Mein Apfelbaum, Marke Kronprinz Rudolf, Zwergstamm, ich biß ihm ein Blatt ab. Im Herbst über und über mit kleinen Äpfeln bedeckt, gebeugt unter der Last. Die Äpfel, zunächst blaßgrün, wurden langsam grün, grasgrün, die Wangen feuerrot, kleine, saftige, zur Lagerung bestimmte Äpfel. Das Fruchtfleisch knackte noch Monate, wenn die anderen Äpfel stumpf und mehlig schmeckten, von Runzeln verschont.

Nie Badeschaum, *Badedas*, nichts als Seife, Seifenschaum, der, kaum entstanden, auch schon wieder vergangen war. Die glühenden Stäbe des Heizstrahlers über dem Waschbecken, die dunstbeschlagenen Scheiben, brütende Wärme am Samstagabend. Die Kette mit dem Schutzengelanhänger hing verwaist um den Hals, nichts weiter. Das Eingewöhnen der Haut, wir ließen uns zentimeterweise nieder, plötzlich ruckartig ins Wasser gleitend, zogen die Knie an, drückten die Sohlen aneinander. Lauthalses Spritzen, Laute wie Seifenblasen, daß Wasser über die Wanne schwappte, die rosafarbenen Fliesen hinab auf den schwarzen Boden. Mutters Aufmerksamkeit am Wannenrand, dringliche Blicke, die Lippen beschäftigt. Unversehens entglitt die schlüpfrige Seife, verfärbte sich das Naß, vermischte sich Wasser mit Wasser. Kleine Blasen stiegen auf, an der Oberfläche zerplatzend, stinkender Lufthauch. Das Schaben der Beine an der glitschigen Wannenwand. Gegen Schluß das Einschäumen der Haare, ein Aufschreien und

Aufkreischen, Grunzen, wenn Shampoo die Augen reizte, alles verdarb. Auf der Stelle mußte ein Zipfel her, den wir in die Augenhöhle preßten, den Hals in die Höhe, die freie Hand klammerte sich an Mutters Rock. Das erleichterte Blinzeln der Augen. Seife und Shampoo ließen das abkühlende Wasser trüb werden, stumpf. Eingehüllt in die vorgewärmten Tücher kauerten wir auf dem Klodeckel, Mutter gab frisches Wasser für den großen Bruder hinzu, der separat badete.

Unter kleinen Schreien immer wieder in die Höhe, daß die Haare fast die Decke streiften. Das Hüpfen in seinen Armen, ich wurde durchgerüttelt und festgehalten, in die Höhe gewirbelt, ein immer schnelleres Auf und Ab, Vater drehte mich zu sich herum, warf mich in die Luft, fing mich, mich an die Brust drückend, in einer Umarmung wieder auf. Bei der einen Balkontür hinaus, bei der anderen hinein, es war nie genug, wenn er mit einem von uns, im Galopp wilder Tiere oder wie Pumpan, durch die Zimmer jagte. Die Schritte führten die Treppe hinunter, durch den Vorraum hinaus in den Garten, um das Haus, wieder das Stiegenhaus hinauf, durch das Schlafzimmer auf den Balkon, von da ins Kinderzimmer zurück. Die Runde verging zu schnell, aufgewühlt wollte ich weiterwirbeln, weitertraben, weitergetragen werden vom Schwung des Vergnügens, treppauf, treppab. Doch der kleine Bruder zappelte, wünschte auf die Schulter gehoben zu werden. Vater ließ sich noch einmal überreden, mit uns beiden gemeinsam in den Armen, eine große Runde, eine kleine. Schweiß trat auf die Stirn, das Hemd klebte auf der Brust, keuchender Atem. Knurren, als Schluß war, Zeit zum Schlafengehen.

Mit nie versiegender Geduld las er auf der Wohnzimmercouch aus einem Buch vor, die Stimme hebend und senkend. Der kleine Bruder den Teddy im Arm, ich eine Puppe, jeder an einer Seite. Märchenfiguren, Dschungeltiere, klingende Luft. Schneewittchens Haut so weiß wie Schnee, Morgenschnee. Blutrote Wangen. Blutfarbe hinter den sieben Bergen, rote Flecken auf dem Schnee. Zwischendurch fuhr die Hand über den Kopf, warm und rund. Daß da etwas erstrahlte, es war da, in der Stimme, in den Augen, etwas Zurückhaltendes und zugleich Überströmendes.

Flocken kühler Luft fielen auf die Schultern, wenn wir im Nachtgewand durch das Stiegenhaus stürmten. Der Handlauf des holzgedrechselten Geländers blieb unbenutzt. Der Holzboden des Zimmers honiggelb, drei Betten, zwei Nachtkasteln, Bettvorleger, ansonsten keine Möbel. Ich in der Mitte, der kleine Bruder zwischen Gitterstäben. Über meinem Bett hing ein Schutzengelbild, ein furchtlos schreitendes Kind, die Hand nach einer Schlange ausstreckend, der gewissenhafte Engel an der Seite, mit eingeklappten Flügeln, der Aufpasser.

Umhertigern, Auf- und Abspringen, Sprünge von Bett zu Bett, daß die Federn stöhnten. Auch Versuche mit geschlossenen Beinen, Balancierversuche auf der Kante. Wobei es vorkam, daß einer auf dem Boden landete, sich auf die Zunge biß, gegen etwas Hartes stieß. Gegenseitiges Reizen, Kitzeln und Zerren. Wehe, wenn ich mich wehrte, tat ich es mit den Zähnen, bohrte sie in das Armfleisch, in die Schulter, in ein Stück Bein, biß so lange zu, bis jeder, mit dem Zahnabdruck auf der Haut, von mir abließ.

Glockenläuten am Sonntagmorgen, wellenartig eilte der Schall heran, verklang vibrierend, die vertrauten Kirchenglokken. Das Nachthemd schlotterte um die Knie, wenn ich ins Nebenzimmer schlüpfte. Das familiäre Zusammenkriechen im Doppelbett, Treffpunkt vor der Messe. Alle nisteten sich ein, unter Steppdecken und Tuchenten schlugen die Knie aneinander. Die Balkontür stand auch im Winter einen Spalt weit offen, das Schlafzimmer allzeit ungeheizt. Über den Betten das geschnitzte Bildnis einer Madonna, ovales Rund. Das Schmiegen an Hintern und Rücken, das Rollen von einer Bettseite zur anderen, in einer Tour verrutschte das Nachthemd. Mundwinkel, Ohrloch, Nasenspitze, Strähnen juckten, Haare im Hals. Ich kroch über Vaters Bauch, unter dem gespannten Stoff schoben sich Mutters Brüste in die Nähe der Augen, sich wölbende Berge, nachgiebig und prall zugleich, gummiartig. Der Kopf bohrte sich in eine Achselhöhle, legte sich an eine Schulter. Ein Geflecht von Gliedmaßen, Durcheinander von Armen und Beinen, Stoff zwischen Haut und Haut, Ausdünstungen, leichter Schweißgeruch, Geruch nach Abgestandenem, ein Dickicht von Wärme, eine Wärme wie in einem enormen Sack.

★

Zeichen wie Grüße, über den Haken der Garderobebänke waren kleine Bilder angebracht, feste Ordnung und Regeln, Spiele mit Pflicht, weder Vergnügen garantierend noch vertraut riechende Luft. Während des Vormittags im Kindergarten zu bleiben, willigte ich erst ein, als auch der kleine Bruder alt genug war, um in einer öffentlichen Runde zu löffeln, windellos. Das Dienstmädchen konnte man sich in der Folge ersparen.

Haare gekämmt, Mundwinkel gesäubert, das rote Ledertäschchen um den Hals, die obligate Jause. Knöpfe, Schnallen und Reißverschlüsse, alles bereit, der große Bruder mit der Schultasche am Rücken. Eile war angesagt, wenn die Eltern ihre Taschen ergriffen, Vater trug seine wie eine Mappe. Der Weg derselbe, die Abkürzung in den Ort, abwärts immer ein Stolpergang, dann den Hügel hinauf, das ortsübliche Auf und Ab. Der Kindergarten in nächster Nähe zu Volks- und Hauptschule, in einer Sackgasse.

Das wohlmeinende Lächeln der Tanten, das Sanfte der Augen, das Heitere der Stirn, ein Muster an Freundlichkeit, mahnend wurde der Finger an den Mund gelegt, mucksmäuschenstill.

Eine hohe, von wildem Wein und Efeu überwachsene Mauer trennte die Wiese vom Gelände des Friedhofs. Gelang es, auf der Turnstange sitzend Halt zu finden, ließen sich die Gräberreihen erblicken, Eisengitter, speerförmige Spitzen, Kreuze und Steine. Anziehung mischte sich mit Furcht. Nur sanfte Geräusche, am lautesten der knisternde, knirschende Kies, das Rasseln der Schritte, sobald jemand die Gräberzeilen entlangging. Eine Einzelheit veränderte die Helligkeit des Tags, ein Flattern über den Gräbern, und die Furcht bestürmte mich, plötzlich vaterlos oder mutterlos zu sein, wie die fast gleichaltrige Tochter der verstorbenen Leiterin, die ich umschwärmt hatte, manchmal bei der Hand halten durfte.

Mit winkenden Armen am Rand der Wiese, wenn Vater oder Mutter mit einer Schulklasse zum Sportplatz zogen. Die Schüler drehten sich, das Turnsackerl schwingend, um. Ich schaute ihnen nach, bis sie um die Kurve verschwunden waren, vom Hügel verschluckt. Nach einer Weile hörte man die anfeuernden Rufe vom Sportplatz, dazwischen schrille Pfiffe.

Das Spielzimmer füllte sich regelmäßig mit geordneten Tätigkeiten. Anmalen, Schneiden und Kleben, Kreisspiele zum begleitenden Klatschen der Tante, trommelnde Finger, Ringelreihen, Singspiele in einer Art Sprechgesang, im Gänsemarsch umher oder im Schneidersitz am Boden, nach Befehl die Hände vor der Brust verschränkt. Auf den Sesseln rutschten die Gesäße hin und her, klopfende, scharrende Füße, alle schauten allen ins Gesicht. Immer spielte sich das gleiche ab, Flecken, Fingerabdrücke, und die Spielsachen allesamt etwas schäbig, ramponiert. Die Puppen und Figuren, Bauklötze und Stofftiere, alle, die durch viele Hände gingen.

Die Hausschuhe ordentlich auf dem Gitter unter der Garderobenbank. Die Empfindung des Drucks am großen Zeh, wenn es der falsche Schuh war, die nach außen gerichteten Schuhspitzen, verdrehte Füße. Dann lernte ich die Schuhe unterscheiden, Knopf und Masche binden. Die Füße paßten genau auf das große Fliesenquadrat, nicht über die Fuge hinaus. Zu Mittag warteten wir angezogen auf das Abgeholtwerden, ungeduldig, unbedingt. Der kleine Bruder schlang in wildem Anlauf die Arme um Mutters Hals, schleifende Hosenträger. Sie zog ein Taschentuch hervor, ließ ihn hineinschneuzen.

Bis auf einmal im Jahr bestand keine Notwendigkeit, über den Mittag hinaus zu bleiben. Ein Ereignis, das schon tagelang vorher in Erregung versetzte. Nach dem Essen wurde man in den Schlafsaal gescheucht, wo sich zig Betten aneinanderreihten, Holzgestelle mit begurteten Liegeflächen, ein Polster, eine Decke für jeden, die Kleider wurden anbehalten, die haarige Decke kratzte. Über der Tür ein mattes Licht. Die Abneigung gegen diese Form der Ruhigstellung, das harte Liegen und Ausharren inmitten einer Horde. Stickige Luft, das Hin- und Herwälzen, so ausgeliefert, so vernachlässigt.

Dieses Losen, Lauschen, was die Erwachsenen sprachen. Mutter und eine Nachbarin stapften hinter meinem Rücken den Steig hinauf, als ich auf dem Heimweg etwas aufschnappte, was ich nicht hätte hören sollen. Im Zusammenhang mit dem bevorstehenden Abend fiel plötzlich ein Name, der mich aufhorchen ließ, der Name fiel klar und deutlich, es war der Name, untrüglich, der Name eines Bekannten, der in die Kleider des Nikolaus schlüpfen würde. Der Frisör. Die Wahrheit blitzartig entblößt. Für Sekunden erdrückt, erschlagen, ließ ich mir nichts anmerken, öffnete den Mund erst wieder.

Im Kreis der Nachbarschaft wurde der Gast erwartet, im größten Wohnzimmer rundum, bei der einzigen Familie, die auf zwei Namen hörte, nach dem einen war die Siedlung benannt. Kletzenbrot und Kekse auf dem Tisch, ein Adventkranz. Erwachsene, die sich den Anschein gaben, Vorfreude mimend. Ich im Zwiespalt zwischen Beklommenheit und Wissen, eingekeilt zwischen den Brüdern und Nachbarskindern.

Einen Moment lang Stille, als er, wie ein Bischof gekleidet, mit dem Krummstab in der Hand und der glitzernden Mütze auf dem Kopf, leicht schleppenden Schritts über die Schwelle trat. Die Umrisse des Gesichts, die Stimme hinter dem langen weißen Bart erkannte ich augenblicklich wieder. Ob es die anderen ahnten, einen Schimmer hatten, ob ich die erste war, die wußte, schnüffelte. Er blätterte ernsthaft in einem imposanten Buch. Fragen und Antworten, Lob und Mahnung, bedächtiges Sprechen, unter den buschigen, aufgeklebten Augenbrauen geheimnisvoll in sich hineinlächelnd, verfolgte er das Vorgetragene, Meckerndes, Mickriges. Ich nicht abzulenken, blickte, als ich an die Reihe kam, zu Boden, niemand schien mit mir unter einer Decke zu stecken.

Der Zauber abgebröckelt, alles durchsichtiger, blasser. Nach seinem Abtritt ließ die Spannung nach, die Hände wühlten in den roten Kreppapiersäcken, packten Süßigkeiten aus, Knistern, das Schokolade bedeutete. Die ersten Orangen der Saison, man spritzte sich gegenseitig den Saft der leeren Schalen ins Gesicht. Ich entfernte die weißen Fäden, die die Frucht netzartig überzogen, die rot-blutigen Adern, aß jede Spalte einzeln.

★

Oftmals reichte ein Wort, um Übermütiges zu dämpfen, das Aufkommen von Behaglichkeit zum Erliegen zu bringen. Mutter setzte sich, nachdem die Teller verteilt waren, als letzte zu Tisch. Die Suppe immer ein Problem, abgesehen vom Nudel- oder Frittateninhalt, Backerbsen. Mit einer Verbissenheit, die nichts zu überwinden vermochte, ließ ich den Löffel am Rand kreisen. Die Augen auf den Teller gerichtet, die Spannung unter gesenkten Lidern verbergend. Das Gesicht spiegelte sich nicht in der Suppe. Alle schoben einen Löffel nach dem anderen in den Mund. Gegenüber Mutter, linkerhand Vater, jeden Tag saß man in der gleichen Ordnung, am selben Platz. Zwischen den Brüdern ich, die schlechteste Esserin der Familie. Wiederholte Aufforderungen, Ungeduld perlte über den Tisch, Mutters Augen schwammen über mein Gesicht. Schließlich tauchte ich den Löffel ein, führte ihn vor die Lippen, während einige Tropfen in den Teller pflatschten. Das Blasen, Hinauszögern, weiter, ein Stück weit, ich saugte am Rand, kippte den Löffel, Augen zu, in den Mund, schluckte mit Überwindung. Es kam vor, daß Mutter die Portion noch einmal erwärmte, daß ich die Suppe unter Tränen hinunterwürgte.

Fast immer klaubte ich etwas an den Rand des Tellers, Fett, einen Zwiebel- oder Bohnenfaden, Wurmstücke aus dem Hühnerfleisch. Es brauchte nicht viel, und ich verzog das Gesicht, wollte nicht einmal kosten.

Von vornherein die Weigerung, Innereien anzurühren, unabänderlich, gebacken, gebraten, geschnetzelt oder wie immer zubereitet, unter keinen Umständen, um alles in der Welt nicht. Nichts konnte mich dazu bringen, den Mund zu öffnen, ich stellte die Stacheln auf. Beißender Geruch, ich schwenkte die Gabel vor den zusammengepreßten Lippen hin und her, ließ sie wieder sinken, stocherte im Schlammfarbenen, Übelkeiterregenden. Die Fleischstücke schleimig, glitschig, schwammige Fremdkörper. Ein Bissen für den, ein Bissen für die, kein Bissen für niemanden, Brocken von Erbrochenem. Auch Vater bestand, die ermunternden Blicke verfehlten ihre Wirkung. Ich räumte Brotkrümel auf einen Haufen, rührte hilflos im Kaltgewordenen, kratzte mit der Gabel Linien ins Wachstuch oder versteckte den Kopf unterm Arm. Mutter wischte mit einem Stück Brot die letzten Reste aus. Immer lauter hackten die Worte ein, die Ohren nicht zu verriegeln, vernageln. Feuchtigkeit sammelte sich zwischen den Wimpernreihen, Wasser in den Augen, Schnüre um die Kehle, der Geruch längst nicht mehr das Schlimmste, bis zum Zerreißen. Aufatmen, als der Teller endlich abgeräumt wurde, Abstand statt Zutrauen, ich stand als letzte vom Tisch auf.

Klang nach Wurst im Ohr. Die Erwähnung des Namens ließ mich zusammenfahren, etwas Niederschmetterndes. Das Drohen mit dem Kinderarzt, der es scheinbar mit Sonderfällen zu tun hatte, mit Schwererziehbaren oder Schwachsinnigen. Wie der Stotterer, ein Dummer, ein Depp, der mit dem Transistorradio an die Brust gedrückt in Patschen durch den Ort spazierte, in stummer Abhängigkeit, die Haare standen büschelweise vom Kopf ab, abstehende Ohren, nicht mehr reparierbar.

Dagegen der Grießbrei am Abend, kein schwieriges Essen. In der Mitte der dampfenden Speise formte ich einen Hügel aus Kakaopulver und Zucker. Der Löffel rührte vorerst nichts von der schwimmenden Insel an, dafür wurde rundum alles verspeist, bis vom Brei nichts mehr zu sehen war. Ich vermischte die süße Anhäufung zum Schluß, das Allerbeste, pappige Schokoladesoße, verschlang alles, als der Teller leer war, war er ganz sauber, weil die Finger mitgeholfen hatten. Ohne daß ein Wort des Tadels fiel.

Gewöhnlich bereitete Mutter gegen Wochenende den Teig für den Reindling, alles der Reihe nach, routinemäßig. Sie bröselte Germ in eine Schale, die sie mit Milch zu einem Dampfl verrührte und warmstellte. Sie schüttete Mehl aufs Nudelbrett, schob es mit den Händen zu einem Haufen zusammen, machte eine Mulde für den Dampfl. Eidotter, Salz, lauwarme Milch, die Finger übernahmen die Regie, kneteten und kneteten, die Arme verschwanden bis zum Ellbogen, der Schürzenbauch voll Mehl. Während des Rastens blähte sich der Teig, verdoppelte seinen Umfang. Die Schürze spannte über den Brüsten, wenn sie sich setzte, spannte sie sich auch über dem Bauch. Mutter umarmte den Weidling mit der Linken wie ein Kind, mit der Rechten bearbeitete sie die zähe, wabbelige Masse, dumpfe Schläge mit dem Kochlöffel, bis sich der sture Teig vom Holz löste. Dann nahm sie wieder eine normale Pose ein. Auf dem Nudelbrett zog sie den Teig auseinander, mit dem Nudelholz zu einer ovalen Fläche ausrollend. Der Germteig geschmacklos, Keksteig und Tortenmassen dagegen ein Naschwerk wie Schokolade, die Finger immer dabei. Beim Auspinseln der Gugelhupf- und der Kastenform durfte ich helfen, aber nicht ohne Schürze. Sie streute Zucker, Zimt und Rosinen auf den Teig, rollte ihn ein, legte das weiche Gebilde in die Form, drückte es mit den Fingern zurecht, schob die Form ins Backrohr, ihr Werk.

Von den drei Varianten dieser Reindling der unattraktivste, der mit Nußmasse gefüllte schmeckte weit mehr. Mein Favorit, der Mohnreindling. Wenn ich mich unbeobachtet wußte, stieg ich in der Speis auf das Küchenschamerl, baggerte mit dem Finger, kletzelte vom Anschnitt die Fülle heraus. Die

Brösel am Boden wischte ich mit der Fußspitze in eine Ecke. Hinter dem Fingernagel ein schwarzer, stummer Rand.

Wöchentlich türmte sich die Wäsche auf der Sitzbank. Mutter breitete eine Decke übers Wachstuch, darüber ein ausgedientes Leintuch, mit Flecken und Spuren vom Bügeleisen. Gleichmäßig ging das Eisen hin und her, her und hin, aus den Tüchern stieg Dampf. Immer wärmer wurde es in der Küche, heiße Schwaden. Aus einer angesprungenen Tasse sprengte sie Wasser auf die Wäschestücke. Die Handtücher, die Geschirrtücher wurden immer auf dieselbe Art gefaltet, die Taschentücher, sie legte sie auf den Diwan, zum jeweiligen Stoß. Aus dem Radio saftige Klänge, Volksmusik. Ertönte die Erkennungsmelodie des *Traummännchens*, war ich ganz Ohr, ganz umhüllt vom Geruch nach frischer Wäsche, Wärme, Gemütlichkeit, fast zum Einschlafen. Alles verschwamm, wurde schwereloser, flockiger. Die Büstenhalter, Behältnisse aus spitzenartigem Material, legte Mutter ungebügelt zusammen, wie unbezähmbar. Die Unterwäsche wurde nach den Personen geordnet, die Schlitze in den Unterhosen, die auch in der Menge auffielen. Bei den Hemden fuhr das Eisen zuerst über den Kragen, anschließend über die Ärmel, zum Schluß knöpfte sie das Hemd zu, faltete es zusammen, metronomisch exakt. Auf dem Diwan stapelte sich ein Turm neben dem anderen. Über die Pullover breitete sie eine feuchte Windel. Wurde es in der Küche zu heiß, stieß Mutter die Tür zum Vorraum auf. Die Sachen zum Flicken, die durchscheinend gewordenen, löchrigen Strümpfe lagen zusammengeknotet auf dem Radio, ein Knäuel Schlangen.

Die Hände bewegten sich monoton, der Faden floß über den ausgestreckten Zeigefinger, die aneinanderstoßenden Stricknadeln, der Rhythmus der Arbeit, der Klang, feines

Klicken, Klappern. Ich hielt stehend die Arme entgegen, wenn Mutter eine Strähne abnahm, in Windeseile das Garn zum Knäuel aufwickelte. Vielbeschäftigt, sie verarbeitete Knäuel um Knäuel, meistens ohne Vorlage, Strick- und Häkelhefte lieh sie sich nur für Norweger- oder komplizierte Zopfmuster. An den Nadeln hingen unfertige Socken und Fäustlinge, Pullover- und Jackenteile. Auf der Rückseite des Gestrickten oft ein Wirrwarr von mehrfarbigen Fäden, die Vorderseite hingegen wie in einem Zug gestrickt. Derart entstanden Wollsachen über Wollsachen, dazupassende Hauben, allseits bewunderte Garnituren, desgleichen Puppengewand. Spitzensterne wuchsen von Runde zu Runde, weiße Maschengewebe, Deckelchen, auf denen kleine Dinge plaziert wurden, Andenken, gerahmte Fotos, Kristallvasen und ähnliches. Die Nadeln ruhten an nahezu keinem Abend, neben dem Strickzeug ein Stoß Ansagenhefte auf dem Tisch oder nach Spiritus riechende Rechenzettel, die auf Korrektur warteten.

Die kleine Stehtafel, die ich, ehe ich sie neben dem Christbaum wiedererkannt, auf den Christkindlbrief gemalt hatte, als Wunsch zwischen die Fensterscheiben gelegt, verkörperte den Inbegriff dessen, was ich mit der Tätigkeit der Eltern verband. Weiße und farbige Kreide, Kreidestummel. Die eine Seite der grünen Fläche hatte rote Linien, die andere unliniert. Ausrangierte Utensilien, ein rissiges Federpennal, eine zerfledderte Mappe, vollgeschriebene, richtige Hefte, nichts fehlte. Bisweilen saß der kleine Bruder als Schüler am Kindertisch, im leeren, ungeheizten Zimmer, das erst nach und nach möbliert wurde. Ich malte etwas Zählbares an die Tafel, etwas zum Abmalen. Knurren, Knirschlaute, er bekam als Strafe das Doppelte, was er sich nicht gefallen ließ. Ohne daß es jemand zu bemerken schien, brachte ich Stunden als Lehrerin zu, ganz allein, setzte hier und da mit einem Rotstift kleine Schnitte aufs Papier, doppelt unterstrichen. Ausbessern war am schönsten. Die übermalten, überkritzelten Hefte hortete ich im Nachtkastl wie ein Geheimnis. Ich zerschnetzelte Papier in kleine Zettel, malte zahlenartige Zeichen darauf, Einser, römische Einser, Fünfer, eher rund als sonstwie, jeder Zettel ein Zeugnis. Mit Ferien wollte ich nichts zu tun haben, je mehr Schule, desto besser. Das Sauberwischen der Tafel, das Bekritzeln, Schraffieren, mit Leib und Seele dabei. Mit guten Nerven ausgestattet, mit schlechten, zuckenden. *Meine Merven*! soll ich Mutter als Kleinkind nachgeplappert haben, wie eine Schulweisheit. Auch der Himmel eine Tafel, übersät mit Wolkenfetzen, verwischten Kreidezeichen.

Etwas stockte, wenn Mutter mich um Erdäpfel in den Keller schickte. In den Holzstellagen die Reihen der Gläser und Flaschen, nach Sorten geordnet. Die Erdäpfel lagerten im hinteren Teil des Obstkellers, auf unbetoniertem Boden, die schwache Glühbirne leuchtete den Winkel kaum aus, schwarze Schlupflöcher, so dunkel. Das Gefühl, in etwas Feuchtes und Kühles zu fassen, in etwas Weiches, Modriges, Fauliges. Weiße Triebe, Würmer. Die Vorstellung, wie ein Wurm lebend in den Magen gelangte, sich einnistete, wuchs und wuchs, ein Bandwurm, mit Milch aus dem Mund gelockt, durch die Kehle oder, schlimmer noch, durch den After. Anders die Würmer in den Kothaufen, hauchdünne, weiße Fäden.

Warm und fest umschloß die Hand die Münzen, das Netz baumelte fast bis zum Boden, für Mutter Brot oder Semmeln holen, erstes selbständiges Einkaufen. Den Steig hinunter, am Zaun entlang, das Unebene überlistend, flink wie ein Eichhörnchen, die Hauptstraße war nicht zu überqueren. Kipferln hinter Glas, Zuckerreingerln, Zuckerschnecken, zwischen dem Ladentisch und den Regalen mit den Brotlaiben, Striezeln und Sandwichwecken erschien die Bäckersfrau, strohblondes Haar, sanfte Blässe im Gesicht, Durchsichtigkeit. In ihrer Art etwas Liebenswertes, Feinnerviges, Feenhaftes. Sparsame Worte, ich legte das Geld auf die Gummiinsel in der Mitte des Ladentisches. Fünf Semmeln, sie streckte das Papiersackerl entgegen, entnahm einem bauchigen Glasbehälter ein paar *Stollwerck*. Die Kassenlade parierte, schnellte heraus, ehe die Tür ins Schloß fiel.

Das Einwickelpapier knetete ich zu kleinen Kugeln, stopfte sie in die Tasche der Strickjacke. Das Vergnügen, die Kiefer zusammenzubeißen, zu spüren, wie die obere und untere Zahnreihe einen Moment lang aneinanderklebten, pickten. Aussichtslos, ein *Stollwerck* auf der Zunge zergehen zu lassen, das Wenden mit der Zunge, das Hin- und Herschieben, Gymnastik im Mund, der Vorgang des Zerschmelzens überforderte die Geduld, unwillkürlich biß ich zu, die Zunge saugte die süßen Reste aus den Ritzen, oder ein Zahn fiel aus zugunsten eines anderen.

Nur türkischer Honig, der an Kirchtagsständen angeboten wurde, übertraf an Härte die Substanz der *Stollwercks*. Das von Haselnüssen durchsetzte viereckige weiße Gebilde, wie Käse mit kleinen Löchern, die klebrigen Späne wurden mit einem kolossalen Messer vom Block geschnitten. Das süße Zeug zersplitterte, krachte zwischen den Kiefern.

Manchmal durfte ich eine Münze in den Schlitz des *Bazooka*automaten stecken. Der rosa Riegel lag rauh und steif auf der Zunge, nach einer Weile verlor sich das Süße. Unterschiedlich große Blasen zerplatzten vor dem Mund. Der verblaßte Kaugummi wurde aufs Geratewohl geschluckt oder ausgespuckt, das beigelegte Bildchen wieder zusammengefaltet, als kleines Geschenk nach Hause getragen. Oft kam ich auf dem geraden Wegabschnitt ins Laufen, bei jedem Schritt auf dem Fuß hüpfend, den ich gerade aufgesetzt hatte.

★

Der Seesack geschultert, Vater voran, als triebe ihn Musik, der große Bruder mit dem gleichen Schwung, die Beine bemühten sich, die Schritte dem Tempo ihrer Gangart anzupassen. Die Schwimmsaion startete früh, Anfang Mai, das Bad ein Teil der Sportanlagen, am Fuß des Bergs, wo der Ort am flachsten. Das Gittertor sperrangelweit geöffnet, der runde Bau mit der Kassa verband Fußballplatz und Schwimmbad, für die sportliche Förderung hatte die WSG viel übrig, Werkssportgemeinschaft. Ein Schilling Eintritt pro Kind.

Astlöcher in den Wänden der Umkleidekabine, Holzgeruch dominierte, unter den Füßen unangenehme, schlierige Nässe. Die Tür fest verschlossen, draußen Johlen, Plantschgeräusche. Ich zog hastig die widerspenstige Badehose über den Hintern, steckte die Unterhose unter den Kleiderhaufen.

Auf dem Geländer an der Stirnseite des großen Beckens, wo sich die Startblöcke reihten, der Bademeister, weißgekleidet, Tag für Tag, auf Abwechslung nicht angewiesen, heller Ordnungshüter, ein Kollege von Vater. Den Blick wachsam wie ein Vogel über die Köpfe streifend. Ab und zu ein Pfiff in die Menge. Auf der anderen Seite das Sprungbrett, der Dreimeterturm, der Zugang normalerweise versperrt. Viel dicker als der Gartenschlauch der Schlauch, durch den überschüssiges Wasser aus dem Werk zugeleitet wurde, heißes, weißliches, von den Industrieöfen erwärmtes Wasser, unablässig ins blauausgemalte Becken fließend.

Die Versuche ohne Schwimmreifen im Tiefen. Der kleine Bruder schlug anfangs, mit dem Kopf unter Wasser, wie ein Hund um sich, sobald er auftauchte, holte er Luft, um wieder unterzutauchen, weiterzustrampeln, quirliger Maulwurf. Unbefangenheit vorerst nur auf Vaters Rücken, ich schlang die Arme um den Hals, die Beine schwebten frei hinter ihm her.

Mit den Beinen schäumte er das Wasser zu einer Linie auf, mit den Armen teilte er es vor sich. Bis ein Schwall, ein Schluck Gechlortes das Fortkommen unterbrach, beizender Geschmack, flatternde Brust, von Hustenstößen geschüttelt. Ein Teil der Flüssigkeit, vom Aufstoßen zurückgeholt, kam wieder in den Mund, floß übers Kinn, daß ich kein Wort herausbrachte. Am Beckenrand rastend, hielt ich mich an der Leiter fest, gänsehautbedeckt, an den Henkel einer Tasse geklammert. Vater durchschwamm die Breite, ohne aufzutauchen. Nach den Regeln der Schwimmkunst.

Noch einmal und noch einmal, immer wieder die Sprünge vom gemauerten Rand, mit den Füßen voran, die rechte Hand drückte die Nasenlöcher zu. Vaters Arme warteten entgegengestreckt. Nach dem Auftauchen ein Schnappen nach Luft, das Suchen nach Halt, zappelnd in einem Netz, wenn jemand plötzlich in der Hocke dazwischensprang. Ausgebreitete Äste, seine Arme allzeit in Reichweite, seine Umarmung. Die Unsicherheit verflog, als sich herausstellte, daß ich schwimmen konnte, mich selbst über Wasser halten. Etwas Beflügelndes. Der vom Wassermantel eingehüllte Körper schwerelos, flugleicht, leicht wie Asche, ein treibender Ast.

Schwebend für den Bruchteil einer Sekunde über dem Beckenrand. Ein Neigen so tief, daß der Kopf fast die Wasserfläche berührte, dann erst ließ ich mich fallen. Ein Plumpsen, ein Hineinrollen. Der kleine Bruder sprang mit Anlauf, daß das Wasser aufspritzte, sich in einem Bogen über den Kopf ergoß. Er köpfelte abwechselnd vom Startblock und Sprungbrett, erntete bewundernde Blicke, der große Bruder weniger fallsüchtig.

Gelegentlich wurde ein Lutscheis genehmigt, für einen Schilling. Die Wahl am Buffet weniger kompliziert als in der

Konditorei, wo man zwischen Sorte und Sorte schwankte. Während des Schleckens erweichte sich die wässrige Masse, tropfte auf den Unterarm, den Handrücken. Die Zunge immer zur Stelle. Ich ganz bei mir, ganz bei der Sache, wie beim Puppenspielen, beim An- und Ausziehen, beim Frisieren, beim Einschläfern. Die Brünette, die ein Schlafauge verloren hatte, hieß Lieselotte, die andere Karoline, hochblond, nach einer Heldin in einem Buch getauft, die Negerpuppe namenlos, kurzerhand Negerpuppe gerufen, pechschwarzes, gelocktes Haar. Alle drei wurden im Puppenwagen, von dem eines der Vorderräder bei der geringsten Gelegenheit davonrollte, gemeinsam verstaut.

In der Sonne blinkte das Stahlgehäuse der Armbanduhr, das Stahlmaschenband. Vater lag, die Augen verborgen unter der schützenden Hand, auf der ausgebreiteten Decke. Die spärlich behaarte Brust hob und senkte sich, die gewölbte Fläche des Brustkorbs, die durchscheinenden Rippenbögen. Der eine Schenkel über den anderen gekreuzt oder gestreckt, die ausgebeulte Badehose. Im Schritt verschob sich manchmal der Gummi. Auf der anderen Seite des Maschendrahtzauns der Tennisplatz, Aufschlaggeräusche. Ich verfolgte die Bahn der Bälle, den Flug übers Netz. Die Vorboten des kommenden Winters. Im Winter lief man darauf Schlittschuh.

Die frühen, herabfallenden Schatten machten das Grün der Bäume dunkler, grünschwarz, schwarzgrün. Kühle rollte aus dem Wald, während die Sonne die Gipfel überschüttete. Sobald sie sich über den Bergrücken verlor, wurde es düster, die Hänge bekamen ein strengeres Aussehen.

★

Zunächst am Ufer des Sees entlang, anschließend zwängte sich der klapprige Postbus durch die Schlucht. Bei jeder Autofahrt drohte Speiberei, ich mußte ganz vorne sitzen, die scharfen Kurven, die laufenden Richtungsänderungen. Angestrengtes Geradeausschauen, Vater parat, den Schofför zu warnen, um Halt zu bitten. Der Abschied war es noch nicht, stand jedoch bevor, die Eltern verreisten für ein paar Tage, ich wurde zu Großmutter verfrachtet. Der Autobus hielt am Bahnhof.

Getöse, als der Zug einfuhr, ein schnaufendes, schnaubendes Tier, als die Reihe der Waggons in einem langen Quietschen anhielt. Die Mühe beim Erklimmen des Trittbretts, die Rangelei um die Plätze, ich hockte ganz dicht am Fenster, platzsparend, am Eckplatz gegenüber der kleine Bruder. Die Übelkeit verpufft. Wie die Häuser flohen, nach rückwärts sausten, verschwimmende Wiesen und Felder, Inselgruppen von Dächern. Die ansteigende Strecke verlief oberhalb der Dörfer und Ortschaften, durch bewaldetes Gebiet, an Steilhängen entlang. Hervorspringende Bergränder, die Berge staffelten sich hintereinander, Klötze, Kofel, felsige Spitzen.

Da wartete Großmutter schon, auf einmal hielt man einander im Arm. Vom Bahnhof lief der Weg in Windungen bergab zum Oberdorf. Mitten im Tal ein kegeliger Berg, nicht höher als ein Hügel, als ginge er vor der mächtigen Nachbarschaft in die Knie. Ganz oben eine kleine Kirche. Auf einem ungleich höheren Gipfel ein Gebäude wie in die Luft hinausgestemmt, die Schienen der Zahnradbahn führten schnurgerade hoch, durch Rohrleitungen schossen die Wassermassen zum Elektrizitätswerk hinab. Die Berge härter, alles rauher, schroffer, gletschernah.

Wehrlos ausgeliefert, der Hoffnung, daß sie mich abholten, am ersten Abend. Ohne Einschränkung der unvertraute

Raum. Erschreckend viel dunkles Holz im Schlafzimmer, düstere Kästen, aber das Besänftigende ihrer Stimme, der wohlwollende Blick, Trost, Ermunterung, Gewinn von Zuversicht. Großmutter umsorgte mich, vorbei das Schlimmste. Ich dehnte mich aus im Bett, in der mir zugedachten Ehebetthälfte, schwimmend in der Finsternis, auf einem Floß in einem See. Eine Mulde, in der ich lag, beinahe eine Wanne.

Der Frühstückskakao mit *Ovomaltine* zubereitet. Von der körnigen Masse aß ich löffelweise, am liebsten zwischendurch, auf der Zunge schmelzend, oder ich streute einen Hügel auf das Wachstuch, näßte mit der Zunge den Finger und leckte. Daheim gab es nur bitteres Pulver. Wohlwohl, ich nahm einen Löffel Sterz, dazu Marmelade, wie es zu Hause üblich war, das Süßen von Sterz.

Blicke über den Rand der Brille, ebene hohe Stirn, die Haare nach hinten frisiert, ein Zopf in Knäuel eingerollt, mit einem Netz zusammengehalten oder anders, morgens, nach dem Aufstehen, hing das aufgelöste Haar mädchenhaft auf die Schultern herab, das Gesicht schmal, helle Haut, Großmutter schob sich die Brille auf die Nasenwurzel zurück.

Vor sich den geöffneten Nähkasten, Stopfholz, Stopfgarn und Nadeln, so faßte sie die Dinge an, so begann ein neuer Tag. Das leise Geräusch der Schere, das lautere der Küchenuhr, das Surren der Fliegen, das Rattern der Nähmaschine. Die Lippen gesammelt und konzentriert, beim Einfädeln kräuselte sich die Haut um den Mund. Alles ging ruhig von der Hand, auf den Händen traten die blauen Adern hervor, eingezeichnete Wege. Fast alles spielte sich auf dem Küchentisch ab, das Wachstuch voller Schnittspuren. Die Küche nahm die Arbeit auf, unerschöpflich. Großmutter nähte, als pflücke sie die Zeit, nie wurde es knapp damit, die Geduld brach nicht auseinander. Die Kraft als Begleiterin, ein Stück blauen Himmels über die Küche gespannt.

Ein ungewisses Gefühl für das Anderssein ihrer Erscheinung. Auf der Küchencouch saß Vaters Schwester, fremd in ihrer Haut, in einem Nebelland, mit der nach innen gekrümmten, zur Faust geballten Hand, das Gesicht wie eine leere Sonnenblume. Krummer Seitenscheitel, die Haare auf Kinnläge geschnitten, leicht gewellt, mittelblond, von einer Spange aus der Stirn gehalten. Der Mund verzogen, versperrt. Vor sich hin sabbernd, entkamen der Zunge hin und wieder ein paar Laute, ein mühsames Wort, als ob die Lippen gelähmt wären. Ihr Zustand hatte keinen Namen. Frau in körperlicher Hinsicht, zur Frau gewachsen, Tante, die ich nie so nannte, obwohl sie älter als Vater war. Auf dem Ringfinger der gesunden Hand steckte ein in Silber gefaßter Korallenring, ihr ganzer Schatz, Vermögen, ein handlicher Ball, den sie gerne rollen ließ, etwas Klapperndes in der Schürzentasche, die Füße in Socken, der Rock unter der Schürze hing oft schief, rutschte über die Hüfte.

Als Kleinkind in einen Waschtrog gestürzt, in brennend heißes Wasser. Alles zu nahe beisammen, alles selbst zu besorgen, das Unglück ließ nicht auf sich warten. An den Küchenmöbeln Halt suchend, durch den Raum stolpernd, stürzte das Kind in das für die Wäsche gefüllte Schaff. Schreie um Leben, Schreie, die nicht mehr. Die Sprache, überzählig, überflüssig. Die Dinge, die nie beim Namen genannt wurden.

Flache, große, kleine Knöpfe, Knöpfe mit zwei oder vier Löchern, Hemdknöpfe, Mantelknöpfe, Reißverschlüsse, Gummibänder, Sicherheitsnadeln, Kreidescheiben, Nägel, Schrauben, kleine Werkzeuge, das Stöbern und Räumen, ich entdeckte Schillinge und Groschen in der Tischlade, Tuben,

Bänder, Kämme. Alles schob ich zu einem Haufen zusammen, sortierte den Wirrwarr, wickelte Bänder auf ein Stück Karton, legte den Kleinkram in leere Dosen und Schachteln, so wurde daraus ein kleiner Zubehörladen, ein Spielgebiet, aus der Lade wurde ein Laden.

In der Kredenz standen im Durcheinander Lebensmittel, Gläser, Tassen, aufgetürmte Teller, zusammengestoppeltes Geschirr. Zwischen Flaschen und Dosen steckten Zettel, Hefte mit angeknickten Seiten, mischte sich der Geruch von Seife und Kerzen mit dem von Nähmaschinenöl und Schuhwachs.

Über dem Küchenkastl das Gewürzregal, bestehend aus sechs, in zwei Reihen angeordneten Porzellanbehältern, die sich am Griff herausziehen ließen. Darunter in einer Reihe sechs kleinere Laden, röschengemustert. Auf dem Kastl hokkend zog ich vorsichtig eine Lade nach der anderen heraus, die Aufschrift stimmte merkwürdigerweise nicht mit ihrem Inhalt überein.

Auf dem Fensterbrett stapelten sich Illustrierte, *Burda*-Hefte, Warenhauskataloge, ein schiefer Stoß, wenn ich eine Zeitschrift herauszog, geriet er unweigerlich ins Rutschen. Von Seite zu Seite blätternd, mit den Knien unter dem Kinn hockte ich auf der Bank, in affenartiger Haltung, Gefallen findend am prinzessinnenhaften Schnitt der Hochzeitskleider. Das Gewirr der Linien auf den Schnittbögen, ein Fiasko. Vor dem zweiten Küchenfenster dichtgedrängte Topfpflanzen, höhere und niedrige Gewächse, buschige und blühende, ineinanderwachsende Stengel, ein Dschungel.

Auf dem Nadelkissen wurde alles umverteilt, die kürzeren, die längeren, die feineren, die dickeren Nadeln, alle neu gruppiert, diejenigen mit Faden, die ohne. Ich ordnete die Nähgarnspulen, die ineinander verknäulten Fäden, lange Fäden, die ich wieder auf die Spule wickelte. Stoffreste wurden Freunde, Musterflecke, ich schnitt die ausgefransten Ränder gerade, zerschnitt die größeren Flecke in kleinere, zupfte am Gewebe, zog an den Fäden, daß regelmäßige Fransen entstanden, kleine Kopftücher, Puppenkopftücher oder einfach viereckige Flecke, viel Gemustertes, Blumiges, auch Kariertes. Eine Kleiderlänge, zwei Kleiderlängen, die ich um den Körper wickelte, eine ganze Menge Stoff, Dralon, Perlon, wohlwohl sagte Großmutter, das war das Wort. Das Wort der Übereinkunft. Ich wickelte den Stoff um die Schultern, sie verknotete die Zipfel, da hatte ich einen Mantel, der zweimal um die Taille ging, fast bis zum Boden.

Keine Klingel, kein Namensschild für das Witwendasein. Gelegentlich waren Schritte zu hören, jemand erklomm die Holzstufen, klopfte an der Tür zum Vorraum, der Küche und Schlafzimmer verband, ein auf Linoleum ausgerollter Teppichläufer. Eine Kundin kam zum Maßnehmen, zur Anprobe. Großmutter legte das Zentimeterband an, notierte einige Zahlen in ein Heft, Stecknadeln zwischen den Lippen. Oder eine Nachbarin schaute vorbei, mit einem Mitteilungsbedürfnis, das Anlaß zum Verweilen bot. Die schlauchförmige Küche war Küche und Nähstube in einem, Wohnraum schlechthin, Zimmer für alles.

Steile Stufen führten in einer Halbdrehung nach unten, mit ausgestreckten Händen konnte ich die Wände berühren, den Staub der Kalkfarbe, kleine Buckel. Ein Schlund, ein Durchschlupf, die in die Mauer versenkte Glühbirne lieferte spärliches Licht, mühsame Tritte, einen Fuß unter den anderen setzend, den zweiten auf dieselbe Stufe wie den ersten, seitlich auftretend. Die Art, wie ich nach unten kam, blieb ungelöst. Kühle im gewölbten Gang, ein vergittertes Mauerloch, blind von Spinnweb. Geruch nach dumpfem Erdreich, hinter einer Eisentür verbarg sich der Keller. Das Klo im hinteren, dämmrigen Teil des Erdgeschoßes. Beim Aufstieg knirschten die Holzstufen, als ginge es in einen Turm.

Die Katze saß gern auf ihrem Schoß. Von der gleich nach der Geburt die Jungen ersäuft wurden, noch blind, im Sack, mit Steinen beschwert, in den Fluß geworfen. Die Katze fraß ihr aus der Hand, wollig, weich und warm. Die gesunde Hand fuhr über den Katzenrücken, als suchte sie eine unhörbare Melodie. Etwas, das die Lippen nicht in Sprache verwandeln konnten. Speichelfäden, die Handseite wischte darüber. Dann war der Mund wieder ein Strich, mit den Zahnlücken dahinter, durch nichts abzulenken. Sie sank manchmal schräg zurück, konnte den Kopf kaum halten, begleitet von einem Aufschluchzen. So saß sie, saß sie und schaute, schaute und saß, ohne einen schlimmeren oder besseren Zustand zu erreichen.

Das Gesicht tief über den Teller gebeugt, die Haare fast im Essen, hastiges Kauen. Bei Brot und festerem Fleisch glitt eine Schwellung die Kehle hinunter. Die Kruste quer im Mund, sie beförderte das Stück wieder heraus, legte es auf den Teller, Schwarten, Flachsen, Mißbildungen.

Ungelenkiger Gang, unbeholfenes Tasten, ein Bein mußte leicht nachgezogen werden. Sie humpelte, wenn das Wetter es zuließ, in den Obstgarten hinter dem Haus, in ihr Paradies. Bereitwillig nahm sie auf dem wackeligen Holzstuhl Platz. Ihre Art, den Finger ins Ohr zu stecken, schnell vibrieren zu lassen. Während ich Ausschau hielt, als stünde ich auf einer Almwiese. Der Rock schob sich über die Knie, die Beine gebräunt, ungefragt, unaufgefordert, stundenlang saß sie unter der Sonne, ins Licht blinzelnd, lose, losgelöst von Menschen, zwischen hohen Gräsern, in Stille verpackt, gleichsam außerhalb, als hätte sie alle Zeit zur Verfügung. Der Schatten leistete Gesellschaft. Nie griff sie ein, nichts war ihr zu erklären. Von beiden Schultern hingen die Arme herunter, gebrochene Flügel, die Stille lag wie ein Mantel um sie.

Ein greller Schrei, ein Pfiff aus dem Wald, die Waggons donnerten, weit oben, über die Brücke, das Signal riß ein Loch in die Luft. Hinter dem Wall der Bäume erstarb das Rattern allmählich, das Rumpeln der Stöße. Zu Hause keine Gleise, keine Eisenbahnstrecke schnitt den Ort. Die Gleise führten in die Ferne, weit fort, zu Vater und Mutter nach Wien, von wo sie ein Babydoll mitbringen wollten.

Jenseits der Dächer machte sich der Fluß davon, ein zinnfarbenes Band. Der Abend ließ ihn tiefer erscheinen, es war noch taghell, wenn Großmutter mit mir am Fluß entlangspazierte. Der Fluß schon dunkler, bedrohlicher, die einsetzende Dämmerung wie etwas Saugendes, das Herankriechen der Nacht. Die Strudel, das rastlos Drängende, geballt und heftig.

★

Flocken in alle Richtungen, senkrecht und schräg, himmelwärts. Die Begeisterung steigerte sich, als immer mehr aus den Wolken quollen, große Fetzen. Wir suchten vor dem Haus nach Stellen, wo der Schnee dichter zu liegen schien. Die Schneedecke wuchs, und der Wald verwandelte sich in einen Winterwald. In kurzen Abständen öffneten wir die Haustür, um den Zuwachs zu beobachten.

Am Morgen alles mit Weiß überzogen, kugelige, schaumige Wülste, bedeckt die Orientierungspunkte, verhüllt die kleinen Einzelheiten. Wolken schnitten die Berge ab. Leitungen, die unter der Schneelast durchhingen. Der Schneeteppich weich wie eine Turnmatte, knietiefes Waten. Vater drückte Tritte in den Weg, wir benützten seine Spur, so groß die Schritte auch waren, riesige Vogelspuren. Ein Stampfen und Stapfen, die Kapuze ins Gesicht gezogen, über die Wollhaube, unterm Kinn zusammengebunden.

Trottete der Jagdhund des Nachbarn um die Ecke, schob seinen Bauch durch den Schnee, wälzte sich, lief zum Zaun, stellte ein Bein hoch, löcherte das Weiß. Dem nicht zu trauen war, der einmal ein Huhn blutig gerissen, ein anderes Mal ein Reh in den Stacheldrahtzaun hinterm Haus gehetzt hatte, gnadenlos. Es mußte erschossen werden. Ein Hecheln von allen Seiten, das Gefühl, als sprintete er hinter mir her, rücksichtslos auf Belästigung aus.

Wir rutschten den steilen Fußweg abwärts, die Stiefel in den Schnee stemmend, kaum imstande, stehen zu bleiben. Aus dem offenen Fenster der Bäckerei stieg Dampf, eine Dampfwolke ballte sich in der eisigen Luft. Geruch von ofenfrischem Brot, der Bäcker balancierte im Unterhemd ein riesiges Blech über die Straße ins Geschäft. Die Flocken zerrannen in Nullkommanichts. Auf der Hauptstraße arbeiteten sich Autos durch tiefe Rinnen, im Schneckentempo. Gemeindearbeiter unterstützten die Arbeit des Schneepflugs, streuten Kies auf die Fahrbahn.

Das Glitzern des Weißen vor dem Blauen, das Blitzen der Berge rundum, hohe Tempel, massige Robben. Ein Flimmern sogar auf den Wänden und Fußböden im Inneren des Hauses. Der Schnee machte alles anmutiger. In warmen Sachen drängten wir nach dem Mittagessen ins Freie, an den Füßen geschnürte Schischuhe. Der Anorak formlos wie ein Sack, der Verschluß der Hosenträger sprang manchmal aus heiterem Himmel auf, so daß die Riemen den Rücken hinaufhüpften. Ohne fremde Hilfe das Kuddelmuddel kaum zu bewältigen.

Alle holten bei Neuschnee den Schlitten aus der Garage, zerrten ihn den noch ungestreuten, unbeschädigten Weg bis zur Straße hinauf. Die Fäustlinge im Nu schneeverkrustet. Mit Wucht schleuderten die Großen Schneebälle, verpaßten sich Abreibungen, stopften Schnee in den Kragen. Ich hielt die Hand vors Gesicht, Abwehr.

Der Streit, wer hinten sitzen durfte, den Schlitten lenken, entfachte sich bei jeder Fahrt aufs neue. In den Kurven lehnte sich der große Bruder weit zurück, während ich, trotz seines Protests, die Ferse in den Schnee bohrend, zu bremsen versuchte. Sobald das Gefährt an Schwung verlor, halfen die Beine nach, ehe es im Flachen auslief. Allein auf dem Zweisitzer, begann sich dieser manchmal, über einen Eisfleck schlitternd, um sich selbst zu drehen, schnell sprang ich ab, damit mich niemand anfuhr.

Mit Trara rüsteten die Buben für eine Kettenfahrt, trafen Startvorbereitungen, verhandelten über die Reihenfolge, ich gebärdete mich abwartend, bedurfte der Überredung. Man legte sich bäuchlings auf die Gurten, verhakte die Beine in den

Kufen. Die Fahrt verlief nie ohne Zwischenfall, das mulmige Gefühl nicht zu vertreiben, das Vorgefühl eines Unfalls. Tatsächlich kamen die Schlitten einmal vom Kurs ab. Über den Straßenrand geschleudert, fand man sich, nach einem Sturz von einigen Metern, abgeschwächt durch die Schneedecke, im Graben wieder. Ich klopfte den Schnee von Hose und Anorak, schüttelte abseits der Buben den Schrecken aus den Beinen, schlug einen mißtrauischen Bogen, wollte vorläufig nichts mehr mit ihnen zu tun haben.

Auf der nichtverbauten Wiese wurde eine Piste gebrettelt, eine Schanze gestampft. Am flacheren Teil mit V-förmig gespreizten Schiern, an der steilen Böschung mit parallel gesetzten, mit und ohne Stahlkanten, Sicherheitsbindung. Ich stand oben, auf einer Art Plattform, über dem kurzen, senkrechten Hangstück, zur Schußfahrt bereit, die Schispitzen ragten über die Kante hinaus. Ich wäre am liebsten wieder hinuntergebrettelt oder mit dem Schnee verschmolzen. Plötzlich vergaßen die Knie die Angst, geradewegs hinab, während die anderen zuschauten.

Sobald die Sonne hinter den Bergen verschwand, fiel mit unheimlicher Schnelligkeit die Dämmerung ein, herrisch, schadenfroh. Vorhänge schoben sich vor die Fenster, hinter manchen völlige Finsternis. Dagegen im Haus auf der Seite des Gemüsegartens alle Fenster fürstlich erleuchtet, die Nachbarn lebten wie in einem offenen Buch, zählten sich zum besseren Kreis.

Im beheizbaren Raum neben dem Holz- und Kohlekeller hatte der große Bruder auf einer Sperrholzplatte eine Eisenbahnlandschaft aufgebaut, mit allem Drum und Dran, musterhaft. Der gebirgige Teil, den ein Tunnel durchzog, mit büscheligen Tupfen bepflanzt. Echte Flechten, moosiger Bewuchs, täuschend echt, jeder Fleck begrünt. Die filigranen Nadelbäumchen Teil der *Faller*-Serie. Die versammelten Tiere Beigaben der großgepunkteten *Linde*-Kaffeepackungen. Im flachen Teil Straßen, Schienen, in immer wieder neuen Anordnungen, einmal links am Berg vorbei, einmal rechts. Die Mehrzahl der Häuser hatte er aus Karton zusammengeklebt, die Fenster ausgeschnitten, mit Seidenpapier unterlegt, auch Hochhäuser, die ein Lämpchen von innen beleuchtete, raffiniert und städtisch. Die vielversprechende Villa nahm er in Anspruch, ein kleines, spitzdachiges Häuschen für mich, enges Eigenheim, der kleine Bruder im Bungalow. Mißtrauen, wenn ich eine der Lokomotiven mittels Transformator in Gang setzen wollte, der Verdacht, daß sie entgleisen könnte, auf dem Betonboden aufschlagen. Er führte es lieber selbst vor. Ein Tüftler, der sich hundertprozentig in eine Sache versenkte, umgepolter Linkshänder. Ob er aus ausgeschnittenen Zeitungsfotos ein Schirennläuferalbum anlegte oder hinterm Haus eine Miniaturolympiade veranstaltete, alles Nötige wurde selbst angefertigt, minutiöse Spielregeln, Minischanzen, Minipisten, Minischi. Ein vollständiges Minimundus-Reich. Von ihm stammte auch die Idee, ohne Wissen der Eltern, ganz geheim als Heilige Drei Könige in der Nachbarschaft von Haus zu Haus zu stapfen, den legitimen Vertretern zuvorzukommen. Um die Schultern eine bestickte Tischdekke, der Kopf mit einem Frotteetuch behängt, mit einer papiernen Krone bestückt, der Mund mit Rot versehen, die Wangen betupft, fertig war das Angesicht aus dem Morgenland. Er selbst schmierte sich Ruß ins Gesicht, präsentierte sich als Mohr, die Ziehtochter der Nachbarn mit von der Partie, die Größte, der kleine Bruder gab den Sternträger, paßte mit Not unter mein Kinn. In einer leeren Bonbonniereschachtel wurden die Gaben gesammelt. Einmal legte der große Bruder einen Indianerroman vor, ersehnte Abenteuer in der Neuen Welt, einschlägige Wünsche. Nicht ganz fünfjährig soll er, als Mutter mit mir als Neugeborenes vom Krankenhaus heimkehrte, mit einer Ansammlung von Schnullern entgegengestürmt sein, alsbald verdattert über die Tatsache, daß der Zuz keine Nachfrage fand, das Geschenk verstoßen wurde, nicht erwünscht. Aber der Zipfel einer Windel.

Der schmale Raum zwischen Vorhang und Fensterscheibe, ich stellte mich dazwischen, die Stirn gegen den dünnen Stoff der Stores drückend, gegen die Kälte des Glases, die Füße, als wären sie an der Stelle eingewachsen. Gespannt wartete ich auf den beweglichen dunklen Fleck zwischen den Stämmen, beinahe eins geworden mit dem Vorhang. Das Reh, das sich bis in den Garten vorwagte, von Hunger gelenkt Tag für Tag wiederkehrte. Im Hauswinkel wurde eine Futterstelle gerichtet, ein Lager mit Heu. Ich wollte es an einen Pflock binden, vor Dunkelheit und Kälte schützen, aber das Reh kein zutrauliches Geschöpf, im Gegenteil, es scheuchte bei jedem Geräusch fluchtbereit auf, als Hausgenosse unbrauchbar.

Anders der Vogel, den wir halbtot am Straßenrand entdeckten, auf einer Haube nach Hause schleppten. Lahme Flügel, er hatte das leere Zimmer für sich, freie Auswahl, Äste, Heu, ein provisorisches Nest, zu guter Letzt erhielt er noch einen Namen. Man konnte nahe an ihn herantreten, ihn fast berühren, ohne daß er flüchtete. Wir streuten reichlich Körner, die er in seinen Schnabel klappte. Im Nachthemd und vor dem Frühstück wurde die Tür einen Spalt weit geöffnet, erpicht auf die Begrüßung, auf ein Piepsen, einen heiseren Schrei. Als ob er begriff, daß er nun einen Namen hatte, wandte er den Kopf, spitzte über den Nestrand, es kam uns zumindest so vor. Nachdem er, aufgepäppelt, bereits wieder trippelte, zu Flugbewegungen angesetzt hatte, schräg durchs Zimmer hüpfend, flatternd, war er plötzlich tot, unerwartet, unangemeldet. Das Mißgeschick mußte dem fehlenden Wasser zugeschrieben werden, prompt vergessen. Der Vogel verdurstet, hinterrücks vertrocknet. Nicht nur die Dinge in Trauer, der große Bruder zimmerte ein Kreuz.

Flatterlos, die auf dem Balkon aufgehängte Wäsche war morgens manchmal beinhart gefroren, in der Kälte erstarrt. Lappen, Nachthemden, Unterhosen, wie mißhandelt. Unter der Asche der ausgebrannten Holzscheite brannten im *Meller*-Ofen rot verglühende Kohlen. Das Wohnzimmer der wärmste Ort in der Früh, wo wir, bettwarm, in die Kleider schlüpften. Der Ofen, der die Nacht über die Hitze zusammenhielt, strahlte stundenlang Wärme aus. Vater rüttelte am Rost, stocherte mit dem Schürhaken in der Glut, daß eine Kaskade von Funken aufstob, einzelne landeten auf dem Schutzblech, er schüttete Kohle nach, ließ die Ofentür eine Hand breit offen. Dann füllte er die Holzlade des Sparherds in der Küche auf, schälte feine und gleichmäßig lange Späne von einem dicken Scheit, die gespaltenen zum Feuermachen, die groben für den Brand. Er ging methodisch vor, mit hartnäckiger Sorgfalt.

Nichts bezwang den Staub, der nachts im Überfluß aus den Schloten gelassen wurde, Dreck, das Weiß am Morgen offensichtlich weniger, schmutzigweiß, gräulich, fast rußig. Lecken vom Unreinen, wenn die Hand Schnee an die Lippen preßte.

★

Ein Schlittschuh vorne, einer hinten, so machte ich mich nachmittags manchmal auf den Weg, die Riemen schnitten in die Schulter. Oft bildete sich ein Knoten, den es zu lösen galt, bevor der erste Schritt auf dem Eis getan war. Der Tennisplatz von Werksangestellten gepflegt, täglich bespritzt. Ein zersplitterter Spiegel, matt glänzender Teppich, zerkratztes Butterbrot. Der Boden des Umkleideraums mit Gummimatten ausgelegt, Holzbänke an den Wänden, nebenan separiert die Buben und Männer. Zeitungspapier als Einlage, ich drückte die Zehen in die gebrauchten Schuhe, zog die Lasche zurecht, stampfte mit den Fersen auf. Keine richtigen Schlittschuhspitzen, lange zurücklaufende Kufen, im Knöchelbereich brüchiges Leder. Nie fest genug zu schnüren, ein kompliziertes System, mehrere Male band ich die Bänder um den Schaft, zum Schluß eine Masche. Der Wust der Wollsocken unter der Steghose. Eine Hand am Geländer, die Eisen seitlich aufsetzend, stieg ich die Stufen zum Platz hinunter. Lachen, Zurufe, flatternde Laufschritte, ich storchte mit gleichaltrigen Mädchen umher, scharrte mit den Zacken, Abstoß, Balance. Die Füße in den Knöcheln abgeknickt, unverdrossenes Voran. Wie ein Schloß plaziert die karamelfarbene Volksschule, auf der Anhöhe über der Umfahrungsstraße, mit dem angebauten, rosagetünchten Neubau der Hauptschule. Nicht aus den Augen zu verlieren die schattseitigen Hänge vis-à-vis. Die Sprungschanze außerhalb des Blickfelds, deren Auslaufbahn, wenn auf der Sonnseite der Schnee wegschmolz, zum Schifahren genützt wurde. Gelegentlich sauste ein junger Bekannter von Vater über den Backen, einer, der später olympische Bronze holte, auf dem Rathausplatz gebührend empfangen wurde. Wind im Kreuz, die Arme kamen ins Rudern, sobald die Beine ohne Körper davonzulaufen drohten, auseinanderschwimmende Knie. Plötzlich saß man auf dem Hintern oder schmetterte der Länge nach hin, rappelte sich wieder auf, die wildgewordenen Glieder. Die Anfänger rutschten fortwährend aus, unbeholfener als die Babys, klammerten sich an den Nächstbesten, an eine am Rand postierte Mutter. Auf der dem Schwimmbad zugekehrten Seite häufte sich zusammengeschobener Schnee, festgetretene Schneeberge, wo ich mich in Sicherheit brachte, beim Fangen spielen und Ausweichen. Frostgerötete Wangen, zwischendurch stelzte man in die geheizte Garderobe zurück, die Wärme tat gut, die gequetschten Zehen kalt wie Steine. Im Abfallkübel überwiegend Orangenschalen, die Älteren warfen, ehe sie ins Freie stolzierten, einen Blick in den Spiegel, schlangen sich den Schal um den Hals, daß er den Mund fast verdeckte. Je später der Nachmittag, umso mehr Große fanden sich ein. Gut ein Drittel für Eishokkey reserviert. Nicht eben zimperliches Hin und Her, abruptes Bremsen, Schläger, die attackierten, splitterndes Holz. Wenn es heimgehen hieß, war der Platz bereits beleuchtet, begann es am schönsten zu werden, Musik möglicherweise. Die Vorstellung, wie eine Schwalbe übers Eis zu segeln. Ein in der Luft zergehendes Schneewittchen.

★

Der letzte Schnee, ganz oben, Reste und Zipfel, weiße Inseln, die den Berg fleckten, Mulden und Buchten, wo die Sonne kaum hinlangte. All die Flecken auf der weißen Seele, kein Fleck sollte das Weiß trüben. Da gab es kein Erbarmen, Entkommen vor dem schwarzen Gehäuse. Was kleine Mädchen für Sünden haben. Das Wort Todsünde, das der Religionslehrer aussprach wie etwas, das man sofort am ganzen Körper spüren konnte. Die Hitze der Hölle, wo Gesichter wie Flammen hingen, in einen Sack ohne Ausweg hineingestopft, etwas Ewiges, in das die Wolken und auch das Blaue hineinfallen mußten.

Im Anschluß an das Gebet fragte er jedes Mal nach dem Besuch der Sonntagsmesse, machte Eintragungen auf einer Liste. Ich sammelte eifrig Punkte, ließ keinen Sonntag aus, das Singen der Eltern im Kirchenchor garantierte einen oberen Rang.

Von der Chorbrüstung bot sich ein besserer Blick als unter den Ebenerdigen, wo man sich nur schielend umsehen konnte. Vater stand auf der einen Seite des Notenständers, Mutter auf der anderen. Die Orgelspielerin schob sich ein Kissen unter, raffte Blätter zusammen, der Chorleiter führte die Stimmgabel ans Ohr, in den Gesang einstimmend. Wie sich die Münder öffneten, die sich bewegenden Kehlköpfe beim Singen. Ständig etwas los. Im Altarraum behauptete sich der große Bruder, einmal mit der Klingel, dann mit einer anderen Requisite in der Hand. Der Mesner machte einen Knicks, wenn er die Seite wechselte. Die Kanzel, die der Modernisierung zum Opfer fiel, blieb jedes Mal unbenutzt.

Starker Bartwuchs, um den Hals eine Kette mit einem Kreuz, in der Stimme etwas Andächtiges. Der Religionslehrer ging mit halbgeschlossenen Augen vor der Tafel auf und ab, der gerade Weg der Gebote. Aus dem Hosensack schaute ein Zipfel des Schneuztuchs hervor. Keuschheit und Unkeuschheit, er erzählte einmal, wie gewohnt mitreißend und anschaulich und bibelfest zugleich, daß er gemeinsam mit seiner Frau zu baden pflegte, gewährte unüblichen Einblick, Scham einflößend.

Vorher nichts essen, nichts trinken, die Leere des leeren Magens, angreifbar. Im Jausenfach der Schultasche wartete ein runzliger Apfel, zwischendurch wendete sich der Lehrer dem Fenster zu, blickte mit dem Rücken zur Klasse nach draußen. Das unerlaubte Hineinbeißen machte den Apfel saftiger. Unter den Tischen raschelte Jausenpapier, die Banknachbarin preßte nach jedem Bissen die Hand gegen den Mund, ließ den Kopf sinken, um die Röte zu verstecken, die in die Wangen stieg. Ohne sich gestört zu fühlen, ohne die leiseste Ungeduld sprach er weiter. Die Stimme schwebte dahin, eine Hoffnung, die unendlich schien, felsenfest. Die Augen schienen gleichzeitig ganz andere Dinge zu sehen als die, auf die sie gerichtet waren.

Ich tauchte den rechten Zeigefinger in das Weihwasserbekken, berührte mit dem angefeuchteten Finger die Stirn, führte ihn einmal von oben nach unten, langsam, und einmal von links nach rechts, noch langsamer, als ob so ein Aufschub zu bewirken wäre, ein letztes Hinauszögern. Die Stille lag wie Nebel über den leeren Kirchenbänken. Angst, die Angst mußte die Sünde sein. Die Angst, keine Worte zu finden, vermehrte die Aufregung. Du sollst nicht. Du sollst nicht, mit Füßen lautlos wie aus Gummi. Naschen. Die Tat klang wie das Wort, unabänderliches Nichts. Die Keksdose fast vollständig geleert, oder von der Extrawurst heimlich und halb, oder mit den Brüdern, den Eltern nicht gehorcht, oder das Abendgebet vergessen, oder. Diese Selbstsicherheit der Sünden, unanfechtbar.

Der zugezogene Vorhang bewegte sich unmerklich. Ein Hauch jener Luft, in der Unrecht geschieht. Die Tür knarrte, jemand schlich sich aus dem Gehäuse, ich betrat es auf der anderen Seite, die Holzlade wurde zur Seite geschoben. Ein vergittertes Fenster trennte den Mund vom Ohr, im Profil erkennbar, im Halbdunkel der örtliche Pfarrer, darunter alles im finsteren Schatten. Eine Figur ohne Unterleib, die wußte, wessen Mund sich öffnete. Der Kopf bewegte sich kaum, der Hals ragte wie ein Stengel aus dem steifen Kragen, viele weiße Körnchen auf der Schulter. Dunkle, nach rückwärts gekämmte Strähnen, diese Nähe, und es roch aus dem Mund, die Poren auf der Nase glänzten, und das Ohr ganz Muschel, bereit für den Einzug der Sünden.

Wie oft in Worten, in Gedanken, in Taten. Unschickliches, Unkeusches, Unreines, Unschönes, Unanständiges, Unschamhaftes, Ungehorsames. Wer flüstert, der lügt, und wer lügt, der stiehlt, und wer stiehlt. Dann legte sich das Ohr wieder an den Kopf. Aus dem Mund quollen die ermahnenden und erlösenden Worte. Losgesprochen und frei, die Seele reingewaschen wie eine Tafel, zu den Bußgebeten, die er auftrug, erhielt ich ein Bildchen als Beleg. Entlassen aus der stickigen Atmosphäre des Gestehens, faltete ich die Hände erneut, auf einer der hinteren Bänke. Drei Vaterunser im Knien, ein Gegrüßetseistdumaria, ich stützte das Gesicht in die Hände, tat, als wäre ich in das Gebet versunken, während die Erleichterung in alle Ecken flog.

Einige Bänke weiter vorn befingerte eine Frau einen Rosenkranz, murmelnd am Saft der Worte saugend. Der leere Einkaufskorb stand verlassen am Boden. Diese Frau erschien mir als die frömmste Person im ganzen Ort. Sie kniete nach dem Empfang der Kommunion stets ein zweites Mal beidbeinig auf den nackten Fliesen nieder, die Handflächen, mit ausgestreckten Fingern, in Gesichtshöhe aneinanderdrükkend, die Daumen überkreuzend, voll Demut, rutschte auf den Knien, verharrte mit entrücktem Blick, bis die anderen Kommuniongänger die Plätze wieder eingenommen hatten. Stirnkreuz, Mundkreuz und Brustkreuz, ihre unbesiegbare Frömmigkeit. Vor dem Verlassen der Kirche stopfte sie ein paar Schillinge in den Opferstock.

Nachmittagslicht und Lichtbrocken, die Sonne machte keine Ausnahme zwischen Heiligen und Sündern, ich war gerettet. Vögel turnten dem Himmel entgegen, und Gott immer und überall unsichtbar, ohne klar umrissene Form. Vielstimmiges Pfeifen, Flöten und Trillern. Die Bäume keine Mitwisser, ebensowenig die Häuser. Ich wandte der Kirche den Rücken zu, der freie Nachmittag vor mir, sattgrünes Gras, dicker Maigeruch. Aus den Schloten des Werks stiegen Rauchwolken, hob sich der gelbe Qualm ab, vermischte sich mit der Luft.

★

Die kinnlangen Haare perfekt zurechtgemacht, auf Blond getrimmt, das Lippenrosa mit dem rosafarbenen Arbeitsmantel harmonierend, die Frisörin wußte immer etwas Aufmunterndes zu sagen. Die Luft aufgeheizt vom Gebläse der Trockenhauben, in der Enge eine cremige, feuchte Wärme, der stechende Geruch der Präparate. Der Raum durch eine Trennwand von der Männerseite separiert, wo der Frisör am Werk war, der den Nikolaus abgab. Randvoll mit Gerede, die Frauennacken mit Röte überzogen. Die Inhaberin eilte geschäftig hin und her, schäumte Mutter den Kopf ein, schrubbte regelrecht. Sie versorgte die Kundinnen mit Neuigkeiten, unterhielt sich angeregt, geriet in staunende Entrüstung, eine Stimme, die sich gebärdete. Mutter befeuchtete beim Umblättern der Illustrierten die Fingerspitze. Ich wartete auf einem unbequemen Hocker, die Unvertrautheit all dieser Sachen. Die Prozedur für Dauerwellen endlos, die nassen Strähnen wie erdrosselte Nudeln. Die Frisörin brachte mit ein paar Tritten den Stuhl in die Höhe, band mir einen Umhang um den Hals, der die Arme verschwinden ließ. Sie wählte eine Schere aus ihrem Sortiment in der Manteltasche, angelte nach einer Spange. Die Augen lauernd auf den Spiegel gerichtet, verfolgte ich jeden Schritt. Die Kühle der Schere, die über Stirn und Nacken ging. Empfindung von Verlust, als die toten Strähnen auf den Boden fielen, immer noch einmal fuhr die Frisörin durch das frischgeschnittene Haar, um hier und dort die Schere anzusetzen, ein Büschel zurechtzurücken. Jedes Mal meinte sie, unter Mutters Zustimmung, daß nur häufiges Schneiden das Haar dichter werden ließe. Einmal wurden mir kräftigere Haare zuteil, nämlich angesteckt, als Rotkäppchen, strohblonde, rotbebänderte Zöpfe, ergänzt durch Lippenrot, Wangenrot. Nach dem Faschingsfest wieder ohne, wie amputiert. Schließlich drehte mich die Frisörin vor dem Spiegel, präsentierte ihre Tat. Etwas Unsicheres legte sich ums Gesicht, Resignation. Mutter drückte flüchtig die Frisur zurecht, um ihr nachzuhelfen, ließ das Trinkgeld in die Manteltasche gleiten, wie unabsichtlich. Der dümmliche Schnitt der Stirnfransen, nach dem Verlassen des Geschäfts strich ich mürrisch die Haare aus der Stirn. Widergespiegelt sah ich mich in den Scheiben spazieren, wo alles leuchtender war.

Die Parfumfläschchen in der Auslage der Drogerie, die kleinen Nagelscheren, die Make-Up-Etuis, die Reihe der Lippenstifte. Im Inneren roch es nach Seife und Kölnisch Wasser, nach Terpentin und Lack, Hustensaft und Teemischungen, die der in einem weißen Mantel gekleidete Besitzer von auf heimischem Boden gewachsenen Kräutern selbst zusammenstellte. Mixturen und Essenzen, die er den Kunden gerne unter die Nase hielt, eine Lektion erteilend. Die Verkäuferinnen, von Düften eingerahmt, hantierten mit Zerstäubern, fuhren mit Lippenstifttestern über Handrücken, zogen, wenn Mutter sich eine Creme besorgte, eine Probe aus einer Lade, kleine Tuben und Fläschchen, die ich sammelte.

Mitunter mußte Mutter zur Post, um die Tante oder andere Verwandte anzurufen, ihre Schwester. In der schwach beleuchteten Kabine stickige Luft, aus eigenem Antrieb wagte ich nicht in die Muschel zu reden, klopfte, während sie telefonierte, mit den Fingerknöcheln unhörbar an die nachgiebige Wand.

Selten hatte sie im Uhrmachergeschäft zu tun, ein kleiner, dunkel möblierter Raum, die Wände mit Uhren tapeziert, spiegelartige Winkel. Vergoldete Zeiger zogen ihre Bahnen. Pendeluhren, Wohnzimmeruhren, Kuckucksuhren, Küchenuhren, jede im eigenen Takt tickend, nicht daß zwei gleich.

So umzingelt von Wohlklang, Ticken in Hülle und Fülle. Der alte Uhrmacher arbeitete sitzend, in gebeugter Haltung, knapp bei einer Tischlampe, die Lupe ins Gesicht geklemmt. Unter der Glasplatte des Ladentisches, von der ich annahm, daß sie bei unvorsichtigen Bewegungen sogleich zersplittern und zerbrechen könnte, allerhand Glitzern und Funkeln, die goldenen Glieder der Ketten und Armbänder, Edelsteine, Eheringe, Eindrucksvolles. Meine Abneigung gegen Ohrringe. Silbrig schimmerndes Haar, die Uhrmacherin bediente mit auffallend rauchiger Stimme.

★

Ein Punkt ohne Ausdehnung, magere Knie, schmale Schultern, es mußte noch etwas anderes geben, ohne Eintrübung, duftiges, frischgewaschenes Haar, immer war da etwas, wie etwas längst Beschlossenes.

Die Finger zupften an der Schleife am Rücken, ich stand vor dem körpergroßen Spiegel, von Kopf bis Fuß in ein Unbehagen gewickelt. Ein Muster verteilte sich auf dem Kleid, in sich verschlungene Blüten und Blätter, steif stand der untere Teil, stand ab von den Beinen, unregelmäßige Glocke. Großmutter hatte den Saum herausgelassen, ihn mit einer Borte versehen, um die Mitte Abnäher eingenäht, Knöpfe versetzt, der Reißverschluß blieb, die Knöpfe an den Ärmelaufschlägen. Ein Drehen und Wenden, Mißmut auf der Stirn, Trotz in den Augen, ländlich fühlte ich mich darin. Das Kleid paßte nicht zum Gesicht, das Gesicht nicht zum Kleid, der Schwung der Nase.

Passabel oder nicht, was für die Kusine recht war, weil Maß genommen am Körper, ausgesucht der Stoff, die Knöpfe, ich roch das Schongetragene, andere Haut, sah stämmige Waden vor mir, die Wölbung des Bauchs, die bis aufs Fleisch abgeschnittenen Fingernägel. Geräumigkeit nach keiner Seite. Die langen Ärmel, als ob alles, Haare, Haut und Kleid danach röchen, nach Stall und Kuhfladen. Ein Reiben im Nacken, ein Scheuern am Hals, die Kniestrümpfe drückten sich in die Waden, Gummizug, etwas sackte zusammen, krabbelnd wie ein kraftloser Käfer.

Eine Wolke weißer Mädchen sammelte sich vor der Kirche. Der Religionslehrer führte Regie, kurze Anweisungen für die Aufstellung zur Zweierreihe, langsam wurde aus dem Knäuel ein Faden, die Klassenlehrer standen ihm zur Seite. Der Kirchturm reckte sich mager in den Himmel. Die Kirche war eine Kirche, bescheiden, nichts Sehenswürdiges, Kuppelähnliches. Das Innere trostlos grau, wenn die Sonne die Fenster nicht erreichte. Die Fassade bröckelte, nichts rückte ab von der geringen Umgebung.

Gesichter kombiniert mit Kränzen im Haar, die Mädchen übten Geduld, vorwiegend Arbeitertöchter, Bauerntöchter, zwischen Kleidersaum und Strümpfen blitzten die Knie. Schmuck an den Ohrläppchen, an meinem Handgelenk ein goldenes Bettelarmband, Herz, Schmetterling, Kleeblatt, Würfel und andere Anhängsel. Einer fiel die Kerze zu Boden, eine leckte die Lippen, eine andere befeuchtete den Finger mit Spucke, um die Augenbrauen zu konturieren, die nächste quälte sich mit Schuhbändern ab. Hände zogen Kniestrümpfe glatt, Locken, die sich lösten. Ich an der Seite der Banknachbarin, eine Lehrertochter, die mich immer am Arm stupste, wenn sie aufgeregt war.

Der Aufmerksamkeit aller gewiß, die Tochter eines höheren Werkangestellten, sie trug bodenlang, die Kleiderlänge der Braut, Prinzessinnenmiene. Die entzückten Blicke ihrer Mutter, die Falten zurechtzupfte. Kein Haar hing aus der Frisur, tipptopp, immer herrschte eine Harmonie, wie in einer anständigen Familie, und die Tochter ein Ebenbild der Mutter, anstelle eines Trachtenbeutels baumelte ein Beutel aus weißer Spitze am Arm.

Pflichtvergessen behaupteten sich die Knaben, in dunklen Anzügen oder matrosenblauen Blazern. Geschniegelt und gebügelt, Hosen falteten sich über blankgeputzten Schuhen, die Haare den Nacken hinaufgeschoren. Sie steckten die Köpfe zusammen, gegenseitiges Zwicken und Zerren, Fuchteln mit den Kerzen, konnten nicht ruhig halten, versetzten sich Fußtritte. Der Lehrer erwischte einen Frechen, es wurde ernst. Stramm die Knaben, Hände aus den Taschen, aufgepaßt, sie hielten den Nacken steif.

Immer ernster wurde es mit jedem Schritt nach vorn. Die hinteren Bankreihen bereits besetzt. Die Mädchen auf die linke Seite, die Frauenseite, die Knaben auf die rechte, die Männerseite. Die rollenden Orgeltöne brausten, rauschendes Schiff, erst nach und nach brauste es weniger. Alle Kerzen entzündet, himmelwärts flammend, in den Vasen frische Blumen, die Seitenaltäre reich geschmückt, ebenso der Hauptaltar, zu dem eine Stufe hinaufführte. Der Zaun des Heiligen, darüber eine kostbare Decke.

Im bestickten Meßgewand betrat der Pfarrer den Altarraum, gefolgt von Ministranten in weißen, langen Hemden mit rotausgeschlagenen Krägen. Das betont langsame Sprechen des Pfarrers, jede Bewegung von innen zurückgehalten, auf ein langsames Maß gedämpft. Gebete stiegen auf, vom Chor gesungene Lieder, darunter die Stimmen von Vater und Mutter, so nahm die Messe ihren Verlauf, mit vor der Brust oder im Schoß gefalteten Händen, mit all den Nebengeräuschen, dem üblichen Auf und Ab.

Die Ungeduld wuchs, der Kopf wandte sich hierhin und dorthin, der Mund unterdrückte ein Gähnen, die Hand fingerte im Täschchen herum, holte ein Taschentuch hervor, betupfte die Nase, zu mehr war das bestickte Gewebe nicht geeignet, Batist. Das Öffnen, das Schließen der Tasche, die beschränkten Möglichkeiten der Ablenkung. Wispern und Tuscheln hinter vorgehaltener Hand, Räuspern. Im Bankfach die Gebetbücher, immer wieder glitten auf der Kniebank Schuhe ab. Kühle kroch vom Boden. Die Sonne legte schiefe Balken durch die Fenster, schon bei ihrem Anblick vermeinte man Wärme zu spüren.

Schließlich war es soweit. Der Pfarrer öffnete den Tabernakel, die Ministranten hatten teil an Handlungen und Wandlungen, reichten die Gefäße. Der Pfarrer hielt die weiße Scheibe in die Höhe, als stünde etwas Einzigartiges bevor. Wellen von Weihrauch segelten entgegen, rauchige Würze.

Halb schwankend, halb auf den Zehenspitzen schritten als erste Gruppe die Mädchen zum Kelch. Üppig bauschte sich das Weiß, strahlend und triumphierend, die Kleider verbanden sich zu einer Reihe, die Herzen durchbohrt und mit Bändern zusammengehalten. Rascheln, Rasseln, das Ohr voll von den Geräuschen, die aus den Röcken kamen. Das Weiß setzte sich fort, in unzähligen Verbindungen, ob himmlisch oder sonstwie, Blüten der Reinheit, daß ein Loch entstand, ein Loch ins Unsichtbare. Ein Schwirren in der Magengrube, Pausen sanken zwischen die Sekunden, der Blick glitt zum Kelch, trocken die Zunge, die Augen klappten zu, die priesterlichen Finger tauchten weg.

Flach und flau, schon klebte er fest, süßlichtrocken, der Leib des Herrn. Kniebeuge, Kreuzzeichen, eingeordnet und wieder zurück in die Bankreihe, wie man es mit dem Religionslehrer geprobt hatte, gesenkten Blicks, fügsam und stumm. Ein Fetzen Haut klebte am Gaumen. Allmählich zerging dieses Etwas, rutschte die Hostie ins Herz. Unschlüssiges Knien mit halbgeschlossenen Augen, manche hatten das Gesicht in die Hände gestützt wie die Großen, ein bißchen scheinheilig. Nach dem Schlußsegen erklang das Preislied, ein Lied zur Ehre, während der Pfarrer und die Ministranten in die Sakristei entschwanden. Breit floß der Orgelstrom, trug auf Wellen aus der Kirche.

Die Ziersträucher an der Kirchenmauer verdeckten das tote Mauergrau, alles reingewaschen, wie Wolle, wie Lämmer.

Der Pfarrer ließ die Blicke wandern, drückte jedem einzelnen die Hand. Man gehörte jetzt dazu. Das befangene Lächeln der Erleichterung. Etwas erfüllte nach und nach das Innere, die Beine leicht, die Füße leicht. Ein Lichtfaden, der sogleich abreißen, entschwinden und sich auflösen konnte.

Nach dem Frühstück im Pfaarsaal wurden vom Fotografen Kopf, Hände und Beine zurechtgerückt, in Position gebracht. Er streckte zwischendurch seinen Kopf unter dem schwarzen Tuch hervor. Die von Ornamenten umrankte, vom großen Bruder übernommene Kerze hielt sich nicht einfach in der Hand. Eine Spur von Lächeln, mehr vermochte er nicht zu entlocken. Die schräggestellten Schneidezähne ließen sich nicht weglachen. Im Hintergrund schwerer Samt in regelmäßigen Falten, gespannte Linien. Das Kleid blieb farblos, sichtbare Abwesenheit von Fröhlichkeit. Kein Strahlen zwischen Stirn und Kinn, schlappe Maschen und Schleifen. Am nächsten Tag wünschte ich nicht, es sei gestern, um noch einmal darein zu schlüpfen.

★

Die Schaukel, ein einfaches Brett, das an starken Seilen hing. Festes Abstoßen mit der Fußspitze, ich glitt vorwärts, zurück, das Girren der Ringe, Knarren der Seile, Knarcksen der Holzpfähle. Die tagtägliche Spielfreundin, die ein paar Häuser weiter wohnte, hockte auf einem Stapel Bretter oder stützte die Arme in die Schürzentaille. Zunächst sanft und behutsam, beschleunigte ich nach und nach den Schwung, hutschte ganz hoch, in den Himmel hinein, hinunter zur Erde und wieder hinauf, ins Blaue. Die Bäume näherten sich dem Himmel und der Himmel den Bäumen, ich tauchte hinein in die Baumkronen, fast, mit dem Gesicht ins Laub, das Sausen der Luft, wachsende Wonne. Leichter Schwindel stieg in den Kopf, ein warmer Faden zog durch den Körper, dünn wie die Kette, die um den Hals hing.

Immer irgendetwas aufzustöbern, Kisten und Schachteln auf einer Stellage im Keller, die Freundin verschloß die Tür. Eine Fundgrube, was eine Verwandte aus der Schweiz geschickt hatte, ausrangierte Klamotten. Hohe Absätze, Tücher, Stoff für den Hals, zerdrückte Hüte, Gefühle von Damen, Boten vom Frausein. Ich schlang eine Federboa um den Hals, wand einen Schal um die Hüften, die Boa reichte bis weit unter die Knie, das Knistern im Nacken. Die Freundin holte Äpfel aus dem Obstkeller, stopfte sie in den Ausschnitt, probierte Gänge mit Stöckelschuhen, kerzengerade, graziös, Brust heraus, Schultern zurück. Schnelles, schnelleres Drehen, die Ärmel rutschten über das Handgelenk, der Rock ein Fächer. Die Stirnfransen flogen, der Roßschwanz lockerte sich, wirbelte ums Gesicht. Mit einer einzigen Bewegung schlüpfte sie aus dem Kleid, stand in Unterwäsche da, kurzentschlossen streifte sie, das umgedrehte Kleid in der Hand, die Unterhose ab. Mit der gleichen Schnelligkeit schlüpfte sie wieder hinein, wollte wissen, ob ich mich auch traute. Halbfertiges Geschlecht, kein Grund, zu verzagen, sich stumm auf die Lippen zu beißen. Vom Efeu an der Gartenmauer rissen wir Triebe ab, machten Kränze fürs Haar. Daß sich der nahe Kirchturm drehte. Schön wie Rosen, Rosinen. Jede von sich überzeugt, die Schönere zu sein, entfachte sich ein Streit, der damit endete, daß sie eifrig stichelte, spöttelte, während ich, getroffen konternd, das Glasauge ihres Vaters ins Spiel brachte, als noch schlimmeren Defekt, die Einäugigkeit, hetschepetsch. Worauf sie augenblicklich in Tränen ausbrach. Todbeleidigt drohte sie zu petzen, ich verlautete nichts mehr, machte mich auf den Heimweg, von schlechtem Gewissen geplagt.

Mit Erfolg überredeten wir einmal den jüngeren Nachbarsbuben, mit uns zu kommen. Wo man außer Sichtweite war. Er ließ sich willig untersuchen, wir schoben ihm das Oberteil hinauf, benutzten einen Zweig als Stethoskop, drückten ihn ins Fleisch, strichen mit den Fingern über die Haut, den Nabel, fuhren mit der Untersuchung fort, beide wie zusammengeschweißt, zogen ihm schließlich die Hose herunter, betasteten den nachgiebigen Zapfen, bis uns das Gefühl beschlich, etwas Schäbiges getan zu haben.

Das *Zehnerle* eine andere Sache, eine der Übungen, zehn Schwierigkeitsgrade zu meistern. Ob der Ball einarmig, durch die gegrätschten Beine, mit dem Rücken zum Haus, während einer Drehung, oder unter dem hochgehobenen Bein hindurch an die Wand geworfen wurde, wir konnten nicht genug kriegen von Spiel und Geschicklichkeit. Ich lehnte an der Mauer, zählte auch mit, wenn ich nicht an der Reihe war, erpicht auf einen Fehler der Freundin.

Eines Nachmittags pirschte sich ihr Bruder heran, gab sich zunächst harmlos. Plötzlich holte er etwas Schwarzes und

Langes aus der Hose, warf es mir vor die Füße, mit tierischer Freude. In Panik die Flucht ergreifend, rannte ich nach Hause, wie von Sinnen, ging für den restlichen Tag nicht mehr aus dem Haus. Unechtes Kriechtier. Ich schöpfte noch tagelang Verdacht, rechnete jederzeit mit einer Wiederholung. Mißtrauen, wenn ich den Mistkübel zum Komposthaufen trug. Verfaulende, blaßbraune Apfel-, Erdäpfelschalen, das Kriechende und sich Windende nichts als ein Zweig, eine Ranke, knorpelige Wurzel. Ein anderes Mal zog er tatsächlich echte Schnecken und Würmer aus der Tasche. Damit kaum zu verjagen.

Eine Angst aus unbekannter Quelle, mit nichts zu vergleichen, durch nichts zu besänftigen. Ein Entsetzen. Die Augen wollten nicht sehen. Im Kinderlexikon blätterte ich argwöhnisch von Seite zu Seite, mit stummer Anspannung, überblätterte bewußt die prekären Seiten, verklebte sie mit einem Tixostreifen. Um nicht zu Eis zu erstarren. Auch im ersten Zoo wehrte ich mich gegen ihre Ansicht, wagte partout nicht den Gang durchs Reptilienhaus. Schlangen, etwas Feindliches, ganz und gar, garstiger, mehr.

Keine Überwindung kostete es, eine Spinne zu zerquetschen, während die Freundin schon bei ihrem Anblick kreischte. Dafür streckte sie auf einem kleinen Haufen aus aufgeschichteten Steinen, wo Eidechsen blitzschnell den Kopf reckten, einen Fuß so weit vor, daß er an einen Schwanz stieß.

Der grasbewachsene Abhang vor ihrem Haus senkte sich zu einem fast unsichtbaren, in einer engen Vertiefung dahinfließenden, von Büschen und Farnen überwachsenen Bach. Wir legten uns auf den Rücken, kollerten butterwalgend über die Böschung, blieben liegen, warteten, daß alles aufhörte sich zu drehen. Zogen Schuhe und Kniestrümpfe aus, patschten mit den Füßen, die Tiefe des Gewässers erkundend. Der Bach an manchen Stellen etwas breiter, seicht, kristallklar, an anderen Stellen kleine Tümpel mit Schaum an den Rändern, sprudelnden Blasen. Stufen und Schwellen, wir gruben mit den Zehen Furchen in den lehmigen Sand, stiegen von Stein zu Stein, benetzten das Gesicht, gossen Wasser über die Arme.

Ein Steig, kaum sichtbar ins Gras getreten. Zwischen den Blättern tauchte einmal der Alte aus dem oberen Dorf auf. Ergrautes, struppiges, kinnlanges Haar, der fetzige Rock hing schlaff von der hageren Gestalt, ausgebeulte Taschen, die Hose schlotterte über den Schuhen. Die Wangen unrasiert, mehr Zahnlücken als Zähne, mehr Pirat, Lumpensammler. Er hauste in einem Stadel, half auf dem Feld, bei Straßenarbeiten aus. Tiefliegende, dunkle, knopfartige Augen, verlorene Gesten, etwas Menschenscheues. Zitternd über den Grashalmen, den wilden Grasblumen. Wir wandten ihm fluchtartig den Rükken zu, keuchten den Hang hinauf, als wären wir noch einmal mit heiler Haut davongekommen.

Fieberhaft wurde der Nachmittagstermin erwartet, wenn ein Hund namens Lassie, ein Fohlen namens Fury, ein Tierarzt mit einem schielenden Löwen. Die nach Unterhaltung bettelnden Augen, bei der Freundin lockte der Fernseher. Ich beneidete sie um den täglichen Genuß. Im abgedunkelten Schlafraum saßen wir auf den Küchenstühlen oder auf dem Boden, vor einem grenzenlosen Fenster, im Bann der sich bewegenden Bilder, in Sympathie mit den Favoriten. Wie sich die Spannung im Raum bündelte, etwas zitterte vor Behagen, stundenlang hätte es weitergehen können.

Die Mutter der Freundin lieferte Antworten auf viele Fragen, schüttelte sie aus der Schürzentasche. Bei Schmalzbrot, Saft und gesprächiger Atmosphäre kam die Rede einmal auf die Hebamme in der Nachbarschaft. Außer daß Ziehkinder bei ihr aufwuchsen, war mir unklar, worin ihre Aufgabe genau bestand. Nichts als Vermutungen, voller Ungereimtheiten. Etwas, wovon ich daheim nie hörte, in dieser Hinsicht herrschte Schweigen. Die Babys, aus dem Mund herausgewürgt, herausgequetscht. Keine andere Richtung kam in den Sinn. Plötzlich stand ich der Wahrheit gegenüber. Mit einer seltsamen Spannung lief ich, als es Zeit war, um die Kurve, den hellen Lichtquadraten entgegen, die Zuhause hießen. Wort für Wort stand das Gespräch im Inneren, niemand, dem man die Neuigkeit erzählen konnte. Beim Abendessen Blicke von einem Bruder zum anderen, ich blieb mit meinem Wissen allein, unauffällig. Etwas hatte nicht die Kraft, die Kehle zu verlassen. Es summte wilde Bienen im Kopf.

★

Von den Schloten bewacht, der Berg eingewickelt in Finsternis, fest zugebunden. Im Nachbarhaus auf der Garagenseite stand ein Totenlicht zwischen den Scheiben, zuckende Flamme. Die Poren der Wände durchlässiger, das Ohr für Geräusche empfindlicher. Als taste eine Hand längs des Hauses hin, die Hand des Toten, als schaute der Nachbar als Unsichtbarer über die Schultern. Während sein Körper gereinigt wurde, die Hände von Vater und Mutter mit zupackten. Die Vorstellung ließ nicht los, die Arbeit der Aufbahrung, das Waschen und Abreiben des nackten Körpers, der Gliedmaßen, des Geschlechts, das Ankleiden und Zurechtmachen, vielleicht noch ein bißchen lebendig, ein bißchen warm.

Daß er eine Kiste Bier trank an einem Tag, als er noch gearbeitet hatte, im Bergbau, untertags, eine Flasche leerte in einem Zug, mehr als über den Durst trank, abgesehen von den Zigaretten, die zu ihm gehörten wie der Hut. Er spuckte im Freien oft auf den Boden, verschmierte mit der Schuhspitze den Speichel. Die Ziehtochter, die es sich am Balkon mit einem Transistorradio bequem machte, *Rote Lippen soll man küssen*! trällernd, schimpfte er Krot! Sie konnte einen Hula-Hoopreifen um die Hüfte kreisen lassen.

Es war vorgekommen, daß ich, wenn Mutter länger Schule hatte, bei den Nachbarn auf ihr Nachhausekommen wartete. Auf der Wohnzimmercouch, auf seinem gewohnten Platz sah er vor sich hin, ich wußte nicht auf was, schweigsam, teilnahmslos. Stumm wie der Fernseher in der Ecke, aus dem Samstag abends Heinz Conrads herausgrüßte, wenn Mutter der Einladung der Nachbarin folgte und ich sie begleiten durfte.

Beim Öffnen des Fensters bewegte er sich wie in Zeitlupe. Aber sein Sinn für das Komische, er streckte mehrmals hintereinander die eingerollte Zunge heraus, freute sich, sobald ich ihn nachahmte. Die Aufmunterung gelang. Mit den langen knochigen Händen drückte er auf die Gurgel, hustete, jagte einen Batzen Schleim aus dem Fenster. Eine Krankheit raubte ihm allmählich die Stimme.

Mit der Zeit hatte sich der Zustand verschlimmert, Verkalkung, Verwirrung, so daß man ihn absonderte, ihm einen Raum im Keller einrichtete, einen absperrbaren Käfig. Eines Nachmittags, als er unbemerkt Reißaus genommen hatte, trat er mir im Pyjama im Vorzimmer entgegen, unrasiert, wie ein Schatten so dünn, zitternd, ausgemergelt, mit dem runden Küchenwecker in der Hand. Der Atem schwer, röchelnde Atemzüge, Atemstöße, glasiger Blick, die Augen unmäßig groß, etwas Raubvogelhaftes im Gesicht. Uhren, die mußte er haben, die sammelte er, einen Tick nannte die Nachbarin das, ihn einen Stürzler, Schlawiner.

Zusammengekauert zu einer Kugel, mich unter der Decke verkriechend, lag ich in äußerster Wachsamkeit, den Kopf in die Arme vergraben, kein schützender Raum um den Körper. Das Warten auf das Heimkommen der Eltern. Es gab nichts als das Schwarz und die Angst. Dieses gestaltlose Etwas sikkerte ein, breitete sich aus, als ob jemand gesichtslos das Bett umlauerte, sich ein fremdes Wesen im Zimmer befände, sich immerfort verwandelnd, nistend in jeder Falte des Raums. Lichtstreifen, Lichtflecken an der Wand, große und sich ausdehnende Schatten, Schatten von geräuschlosen Tieren. Erst als ich die Haustür ins Schloß fallen hörte, machte sich Erleichterung breit.

Die mit einer schwarzen Schleife versehene Fotografie stand auf einem mit einem schwarzen Tuch überspannten Kästchen, daneben der eingerahmte Partezettel, schwarze Balken um das Weiß. Dicht zugezogen die Vorhänge, von Licht und Luft abgeschirmt, zu beiden Seiten des Sargs Kerzenleuchter, Blumen in Vasen angeordnet, Totenblumengeruch, Geruch nach verbranntem Docht, Schatten zuckten über die Wand. Der Sarg lag auf einem mit Tüchern verdeckten Aufbau, höher als auf Betthöhe, so wurde der Tote näher gegen den Himmel gebaut. Das Herz stieß in den Hals hinauf. Ein paar schnelle und scheue Blicke über den Rand. Das Licht der Flammen hob alles hervor, das nach hinten gekämmte, dünne weißlichgraue Haar, wie angeklebt, die wachsartige Blässe der Haut, dicht am Holz des Sargs die Schuhspitzen, um die knochigen, über der Brust gefalteten Hände ein Rosenkranz geflochten. Wie ein Baum in einem schwarzen Anzug. Das Eintauchen des Zweigs in die Weihwasserschale, das Besprengen, ich machte es Mutter nach, bekreuzigte mich, aus dem Vorraum drangen gedämpfte Geräusche ins Zimmer.

Die Leute standen mit ernsten Mienen, in Gruppen entlang des Wegs, der zum Haus führte, manche wichen auf die Wiese aus. Hinter den Gardinen verfolgte ich das Ganze. Männer in Anzügen hielten die Kränze, bedruckte Schleifen, Goldinschriften. Die Haustür weit offen. Der Sarg wurde von Trägern ins Freie getragen, von Bergmännern in schwarzer Bergmannstracht. Auf der Schwelle hielten die Männer kurz an, stemmten ihn um das Geländer. Dahinter die schwarzgekleidete Nachbarin mit der Ziehtochter, kaum einen Blick zur Seite werfend, die Leute traten ein paar Schritte zurück, machten eine Gasse.

★

Als ungeübter Lenker kurvte Vater den weißen Volkswagen die Straße hinauf, das erste Auto. Ich preßte die Nase an die Scheibe, alle fasziniert von der Bequemlichkeit, pures Vergnügen. Dächer mit dem Straßenniveau auf gleicher Höhe, steil ansteigende Felder, Stadel und Keuschen drückten sich in die Mulden. Holzringe hielten die Stecken der Zäune und die Gatter zusammen. Die Wiesen, schimmernd, Bergwiesen, über und über mit Blumen bedeckt. Glockenblumen neben Margeriten, Hahnenfuß neben Schafgarbe, Pechnelken, Wiesenknopf, Vater zählte sie der Reihe nach auf, Blumenkenner. Höher und höher stieg der Güterweg den Hang hinauf.

Die Berge drängten sich dem Himmel entgegen, Kuppen, anschwellend zu braunen Gipfeln. Zwischen den schwach gerundeten Wölbungen traten schärfere Kämme und Flanken in Erscheinung. Bis eine Tafel endgültig Halt gebot.

Ein Weg führte aus dem Wald hinaus. Anfangs müheloses Vorankommen. Mit der Zeit ein Dahinstolpern, ein Nicht-mehr-weiter-gehen-Wollen, die *Tschurtschen*, die wir aufgehoben hatten, wurden wieder dem Boden überlassen. Der Wunsch, sich hinzusetzen oder auf die Schulter gehoben zu werden. Vater holte ein Stück Schokolade aus dem Rucksack. Das Jammern mit einemmal wie fortgeblasen. Die Aufmunterung hielt nicht lange an. Schon machte sich Durst bemerkbar, wollte auf der Stelle gestillt werden, ein Apfel mußte reichen, das einzige Angebot. Ich warf mich auf den Boden, wartete, bis sich jemand umdrehte, darauf einging, um mich wieder aufzuraffen.

Kühe stellten sich glockenschlagend zur Schau, behaupteten ihren Standort, senkten die viereckigen Köpfe ins Gras, die vorquellenden, wäßrigen Augäpfel. Nur das grüne Tuch der Alm, keine bewirtete Hütte in Sicht.

Wie das Schutzhaus des örtlichen Alpenvereins, wo das Übernachten eine spezielle Abwechslung bedeutete. Das mitten im Nockgebiet gelegene Falkerthaus in ein- bis eineinhalb Stunden zu Fuß erreichbar, nicht sehr beschwerlich, die Schi wurden winters vom Hüttenwirt in einer Art Pistengerät hinaufbefördert, Gott sei Dank. Während die Erwachsenen abends zu deftigen Klängen auftanzten, war vom Schlafen im Lager keine Rede. Man kugelte zu mehreren auf den Matratzen am Boden herum, kratzige Decken, ich behielt Strumpfhose und Pullover an, die Buben die langen Unterhosen. Einmal war man im Sommer ein paar Tage anderswo bei einer Sennerin zu Gast, ganz nah dran am Almgeschehen, als Zeugen bei der Herstellung der Kuhprodukte, fast beteiligt. Wie die Sennerin Butter machte, Buttermilch, Topfen.

Respekt, eine gewisse Scheu, die Befürchtung, die Kühe könnten plötzlich ausschlagen, wenn man sie belästigt, die Hörner einsetzen. Mit Beistand traute ich mich, einen Kuhrücken zu streicheln, zaghaftes Befühlen mit den Fingerspitzen. Die Füße suchten Trittstellen ohne Fladen.

Wie Mutter hatte ich gegen den zunehmend schärferen Wind ein Kopftuch umgebunden, den Walkjanker übergezogen, die Kniegelenke unbedeckt. Sie stimmte Lieder an, es sollte das Gehen kurzweiliger machen. Der kleine Bruder hängte sich an ihren Rockzipfel, schnurrte ihr die Ohren voll, umarmte sie mit einem Ruck. Er, der sich, nachdem er sie sekkiert hatte, immer viel schneller mit ihr zu versöhnen verstand, anhänglicher, anschmiegsamer.

Kräuterböden, Kräuterpolster, von Moosen und Flechten überzogene Steine, dürre Gräser, sticheliges, büscheliges Almgras. Der langgestreckte Bergrücken ein Buckel ohne Ende, als ob noch nie jemand darüber gegangen wäre. Für das

Durchhalten wurde nach dem Abstieg ein Kracherl in Aussicht gestellt, lustig prickelndes, süßes himbeerrot- oder gelbgefärbtes Sodawasser in Flaschen aus dickem Glas, das man ansonsten nur bei Geburtstagsfeiern kredenzte.

Keine Mauer bot Schutz, Latschenbüsche, Almrausch. Ausgestattet mit dem Versprechen, daß sich niemand umdrehen würde, hockte ich mich auf freier Bahn nieder, mit gegrätschten Beinen. Den Rock zusammenraffend, achtete ich, daß der Strahl nicht den Unterhosenboden oder die Strümpfe näßte. Das Prasseln ging in ein Rinnen über, lauwarm rann es aus mir, ein Faden, der vertröpfelte. Die Erde saugte sich voll. Die Brüder hatten es praktischer.

Ein heftiger Antrieb, als das Gipfelkreuz in Sicht kam, die Attraktion des Tages, die letzte Anstrengung konnte nicht schnell genug erledigt werden. In Erwartung begannen wir zu rennen. Der erste Berg über zweitausend Meter, genaugenommen. Mit klingendem Triumphgefühl, verschwitzten Stirnen ließen wir uns nieder, so oberhalb, fast außerhalb der irdischen Umgebung. Die welligen Berge rundum, die wogenden Nokke, die schrofferen Gipfel in der Ferne, Vater konnte sie auswendig, so bewandert. Alles wie auf einem Tablett. Angestrengt versuchte Mutter, im Schoß der Täler etwas auszumachen, die Augen mit einer Hand abschirmend. Gewässer, kleine Pfützen, die Kirchtürme wie Zündholzspitzen, ziehende Wolkenschatten fleckten die Hänge über der Baumgrenze.

Vater holte Proviant und Thermosflasche aus dem Rucksack, der Plastikbecher ging hastig von Mund zu Mund, ich wischte vor dem Trinken immer den Rand ab. Das Verschlingen der Speckbrote. Die Tafel Schokolade mußte für alle reichen, mit Bedacht brach ich von meiner Rippe kleine Stücke ab. Im Blechkasten das Gipfelbuch, in das man den

Namen eintragen durfte. In übergroßer Schrift womöglich. Ich und Punkt. Der mit Steinen besäte Boden zu kühl, um lange sitzen zu bleiben.

★

Alles im nächsten Umkreis, zu den umliegenden Badeseen nicht weiter als einige Autominuten. Die Wahl fiel gewöhnlich auf den größten der drei Seen, der zweitgrößte See des Landes, zugleich der tiefste. Die Seestraße zu beiden Seiten von Laubbäumen beschattet, verstopft von Autos, die Gehwege von Eisenketten abgesperrt, Obstkisten und Zeitungsständer vor den Geschäften, Drahtkörbe, Campingmöbel, Badespielzeug.

Der fast flugfeldgroße Parkplatz bei Schönwetter bis in die hintersten Reihen gefüllt. In der geräumigen Bucht reihte sich Campingplatz an Campingplatz, Strandbad an Strandbad, gemauerte Kabinengebäude und Holzkabinenbauten, aufgestapelte Bierkisten. Ein immenser Niveaball drängte sich in den Vordergrund. Im letzten Bad ragte ein Springturm auf, ein hölzernes Skelett auf Pfählen, durch einen Steg mit dem Ufer verbunden, auf einer Seite von einem schmalen Streifen Schilf begrenzt, dann die Dampferanlegestelle. Im Hintergrund schnitten Felsen weiße Zacken aus dem Himmel, dominierte die höhere Alpenwelt.

Ich beneidete die Mädchen, die ungehemmt und unerschrocken den Bauch herzeigten. Die Flecken klebten auf der Haut, ohne Farbe anzunehmen, verleideten das Tragen eines Bikinis. Flecken, die im Alter von zwei oder drei zum Vorschein gekommen waren, ein birnengroßer am Bauch, kleinere anderswo, nicht abwaschbar, durch und durch weiß, schneeweiß, schneewittchenweiß, weiß wie Kreide, Tafelkreide, Schulkreide. Pigmentverlust, auch die Ärzte zeigten sich machtlos, der Hautarzt in der Stadt. Ein anderer bohrte eine Zeitlang Woche für Woche eine Spritzennadel ins Gesäß, wirkungslos. Sonnenbestrahlung ungünstig, Mutter trug aus anderen Gründen keinen Bikini.

Klares, lichtdurchwelltes Wasser, auf dem sandig-steinigen Grund watete ich, den geschmeidigen Spiegel zerteilend, bis über die Hüften ins Naß, weiter dann, bis das Wasser um das Kinn wellte, sich der Boden entzog. Algenbewachsene Pfähle, unter den Brettern des Holzstegs hausten winzige Käfer. Wer es länger aushielt, wer den längeren Atem hatte, hinuntertauchte bis zum sumpfigen Grund. Mit den Füßen voran tauchten wir in die Tiefe, verrenkten die Glieder, Purzelbäume, Schrauben. Wieder und wieder tauchten wir aus der Umarmung des Sees empor, wassersüchtige Geschöpfe. Unter der Oberfläche eine verdächtige Stille, trübe Lichtschwaden, an gewissen Stellen haarige Stränge, Flechten, Strünke, kleine Zungen umschlangen die Beine. Ein Aufflattern wie von Vögeln.

Mit angehaltenem Atem starrte ich von fünf Metern in den Abgrund, von der obersten Ebene des Springturms. Mich schrittweise nähernd, trat ich an den Rand, hin- und herschwankend zwischen Mutlosigkeit und Entschlossenheit. Auch die Haare sträubten sich, die Füße wollten sich nicht von der Stelle rühren, steif wie eine Statue. Während der kleine Bruder mit Anlauf vom Brett abfederte, in die Luft hechtete, kopfüber verschwand. Aufprall auf einen Spiegel, eine Fläche Eis. Als ich die Augen aufschlug, flutete die Welt zurück.

Im Milchgeschäft, wo Tische unter Sonnenschirmen zum Sitzen einluden, durften wir uns zu den mitgenommenen Broten eine Kleinigkeit aussuchen, Fru-fru im Glas, mit langstieligem Löffel. Frankfurter Würstl mit Pommes frites kamen nicht in Frage, geschweige denn ein Wiener Schnitzel.

Hauptsächlich Urlauber, die sich das Wasserschifahren leisteten, auf dem Holzsteg das Publikum. Der einheimische

Motorbootlenker erteilte Anweisungen am laufenden Band. Der Sohn einer der zwei betagten Besitzer-Brüder, die, im Schatten an einem Holztisch sitzend, unübersehbar den Betrieb regierten. Außer Ruderbooten wurden Tretboote und elektrische Boote verliehen. Motorboote für privaten Gebrauch verboten.

Über den Rippenbögen spannte sich das Unterhemd, mit abgewandtem Körper ließ der Fahrer den Motor an, bebrillt oder mit ins Haar geschobener Sonnenbrille. Einen Korkgürtel, eine Schwimmweste umgeschnallt, für die Anfänger ging es darum, aus der Hocke hochzukommen. Manche plumpsten beim Losschnellen augenblicklich ins Wasser, andere schafften es bis zum Stand, rauften sich mit dem Wasser, bis es den Sieg davontrug. Genugtuung seitens der Zuschauer, erneut mußte der Fahrer die Leine für einen weiteren Versuch einrollen, verächtlich schmunzelnd. Die heimliche Macht lag bei ihm, er zeigte sich von seiner besten Seite, strengte sich an, unterhaltsam zu sein. Die Geübten jagten hinter dem Motorboot her, so weit in den See hinaus, daß man sie aus den Augen verlor, Wellenreiter auf einer weißen Schleppe. Manchmal fuhren zwei Könner gleichzeitig. In einer abrupten Wendung brachte der Lenker bei der Rückkehr das Boot zum Stehen. Die Wellen schwappten ans Ufer, ein Bub fischte die Schi zusammen.

In den Ritzen der Bretter steckten Zigarettenstummel. Stunden konnte ich auf dem Steg zubringen, auf dem sonnengetränkten Holz, die Beine ins Wasser schlenkernd, Start und Landung verfolgend, das Spiel der Wasseroberfläche. Tiefes, tintiges Blau, schwärzlich grün im Schatten des waldigen Ufers, bald blaugrün, silbergrün, sattgrün, olivgrün, die wechselnden Farbsprenkel, sich lichtend, sich verdunkelnd, schimmernd im Licht der Abendsonne, im strahlenden Glanz, auch der Himmel ein See, carinthische Tinte.

Wenn Wolken von den Bergen rollten, sich jenseits des Sees ballten, in hohen Türmen aufstiegen, nahm das Wasser eine grausilberne, schieferglänzende Farbe an. Wimpel knatterten im Wind, vor dem Bootshaus schwankten die Boote, Papiere trieben über die Wiese, die Bäume krümmten sich. Wellen blinkten, warfen Gischt, weiße Schaumköpfe. Innerhalb kürzester Zeit war das Strandbad leergefegt. Große Tropfen, gleich darauf ein Guß, eine Wand, wallende Wand. Der Rasen naß wie ein Schwamm. Die Bäume, der See, die Berge, als ob sie zu Wasser würden, zu einer flüssigen Masse.

★

Oberhalb der Siedlung unbebautes Gelände, bestes Indianergebiet. Durch den Stacheldrahtzaun hinterm Haus schlüpften wir ins Revier, Reservat. Hohes Gras, Sauerampfer, Brennesseln bissen die Haut. Hinter dichtem Buschwerk stürzten Abhänge in die Tiefe, zwängte sich der Bach aus den Bergen heraus. Beim Umhersteigen krachten Steine in die Schlucht. Zwischen den Astgabeln eines Baums entstand eine Hütte, mit Wänden aus Blättern, in die der große Bruder und die anderen Anführer und Anschaffer, streng nach Rang geordnet, Einlaß gewährten. Ich zog es vor, am Boden zu bleiben, die Freundin ebenso. Die Buben der oberen Siedlung boten sich regelmäßig als Feinde an, wechselseitig schlug man sich in die Flucht, mit Waffen und Gebrüll. In Friedenszeiten wurden gemeinsam Erdäpfel gebraten, alle hockten im Kreis um die Feuerstelle. Als man mit zusammengeklaubten Ästen und Kartons wieder einmal ohne Erlaubnis ein Lagerfeuer entzündete, kam jemand auf die Idee, Fackeln zu bauen. Holzwolle wurde um Stecken gewickelt, darüber ein Stück Plastikfolie. Beim Versuch, die Fackel zum Brennen zu bringen, zerfloß die Hülle plötzlich, kräuselte sich, schrumpelte unter der Hitze, überzog Teile meiner linken Hand. Der Schmerz preßte Tränen aus den Augen, die Hand ein wehes, gesprenkeltes Etwas, ein schwammiger, pochender Fleck. Ich hielt sie wie ein Kreuz oder einen heißen Lappen. Die anderen standen herum, ratlos, stumm, der große Bruder versuchte mich zu beruhigen. Das Rohe und Rote klebte, brannte, trommelte, auch das Fuchteln und Blasen halfen nicht. Die älteren fühlten sich verantwortlich, schuldig, schlechtes Gewissen wegen des Feuers, appellierten an meinen Indianerinnenmut, versprachen Auszeichnung. Wirrwarr der Ratschläge, ich preßte die Lippen aufeinander, blinzelte die Tränen weg. Vorbei der Nachmittag in der Wildnis. Zu Hause waren laute Worte zu hören, Kopfschütteln für jeden einzelnen. Als ich verarztet mit einem Verband, der die Hand eindrucksvoll umhüllte, vom Hausarzt zurückkehrte, warteten ein Band und Ehre. Beim Wechseln des Verbandstoffes hingen anfangs immer Fasern am Fleisch. Nach und nach verkrustete die Wunde, von der Verbrennung blieb eine bohnengroße Narbe. Sie unterschied sich zunächst deutlich von der anderen Haut, neuer, weicher, rosiger, wie Plastik oder Puppenhaut. Eine der Narben, die der Körper sammelte. Wie die sichelförmige über der Oberlippe, ein Relikt aus früheren Tagen, mit dem Dreiradler gegen eine Mauerkante geprallt, oder die fingerlange, strichartige Linie in der Leistengegend, die Spur eines operativen Angriffs, aus noch früheren Tagen.

★

Immerzu Mist- und Milchgeruch um sie. Nie bekam ich sie ohne Kopftuch zu Gesicht, graubraune, in die Stirn fallende strähnige Haarfäden. Der Kittel reichte weit unter die Knie, die Ärmel bis zu den Fingergelenken, an den Füßen Wollsokken, schiefgetretene Holzschuhe. Um die Augen rissige Falten, gebeizte Haut, die Lippen voller Runzeln. Moiza, die zum Hof vom Onkel, zur Mutterseite zählte wie das Vieh im Stall, der knotige, knorrige Stamm des Buchsbaums neben dem Hauseingang.

Eine Russin, während des Kriegs entkommen, als Weißrussin ins Reich entflohen, sich selbst abhandengekommen in der Wirrnis der Verhältnisse, die Papiere vernichtet oder verlorengegangen. Nackt bis auf den Namen. Verloren auch das Wissen um die Herkunft, die niemand in Erfahrung bringen konnte, so blieb sie als Arbeitskraft auf dem Hof, desorientiert, außerstande heimzukehren nach dem Krieg. Die sie wiedererkannte, lächelte sie an. Murmelnd und schwerfällig entschlüpften die Worte dem Mund, zerfielen zu unverständlichen Brocken, einzelne Zahnstümpfe im Kiefer, gelb und kreuz und quer.

Plötzlich stand sie da, kam aus der Tiefe der *Labn*, wo ein ausgestopfter Pfau den Blick auf sich zog, der Schwanz zum Fächer entfaltet, zig Pfauenaugen. Sie hielt sich in ängstlicher Scham nahe der Mauer, winkte hexenartig mit der Hand, deutete mitzukommen, schwarzes Krähenflattern.

Näher bei den Tieren als bei den Menschen, in nächster Nähe zum Stall, Moiza wohnte im ebenerdigen Nebengebäude, Speicher für Feld- und Gartenfrüchte, hügelweise Äpfel. Bett, Tisch, Kasten, karge Ausstattung, schmutzigbraun, alles wie in einer Abstellkammer, in einer Ecke Nüsse auf Zeitungspapier ausgebreitet, von denen sie gerne welche zusteckte. An der Außenwand hingen Maiskolben an dicht übereinanderliegenden Stangen.

Schwarzverkrustete Pfannen auf dem gekachelten Herd, man traf gewöhnlich kurz vor Mittag ein, die erste Station des Verwandtenbesuchs. Ich zog schon vor der Begrüßung die Schultern zusammen, zuwider die trockenen und nassen Schmatzer. Der Onkel tätschelte die Wange.

Im Gegensatz zu seiner schmächtigen Figur hatte die Tante eine sperrige Gestalt, etwas Eckiges in den Bewegungen, rauhe, rissige Handflächen. Sie, die ihn gut um zwei Köpfe überragte, stand in seinem Schatten, wie alles im Haus, Kusins und Kusine. Mit der Zubereitung des Essens beschäftigt, schürfte sie in regelmäßigen Abständen in der Glut, legte gelassen Holzscheite nach. Vorgekochtes, brutzelndes Fleisch in der Pfanne, zischendes Fett, Knisterndes im Rohr.

Fliegen pickten auf dem klebrigen Streifen, der von der Lampe hing. Moiza saß mit dem Rücken zum Tisch, wo die anderen Platz nahmen, am ehemaligen Dienstbotentisch, auf der anderen Seite der saalgroßen Küche. Angetan mit dem Kopftuch, das sie auch beim Essen nicht ablegte. Man stellte ein Reindl vor sie hin, ein paar Schnitten Brot, ein Wasserglas. Sie löffelte, brockte, tunkte, mampfte, mit dem Unterärmel wischte sie die Lippen ab. Blickte um sich, als suche sie etwas, dann wieder blitzte etwas Verstohlenes übers Gesicht, etwas Undurchsichtiges.

Wenn die Kusine mit einem Krug Most holen geschickt wurde, folgte ich aus freien Stücken. Abgetretene Steinstufen, der Keller ein dumpfes Gewölbe, rohe, meterdicke Mauern, buckliger, gestampfter Erdboden, säuerlicher Dunst stand zwischen den Fässern, schmutziges Halblicht. Ratten zeigten sich nicht, Rattengeraschel. Gluckser im Faß, hinter den stämmigen Waden der Kusine tappte ich wieder ins Tageslicht zurück.

Spannung und Unruhe, ein Nest roter Äderchen auf den Wangen, eine Stimme, die nie unerregt sprach. Ob über Nichtstuer, Gammler oder Semmeln, die das selbstgebackene Brot in den Schatten zu stellen drohten, unablässig gab es einen Anlaß zum Schimpfen. Der Adamsapfel stieg auf und nieder, die Sehnen und Adern traten hervor, ebenso der kurze Oberlippenbart in Aufruhr. Über nichts konnte sich der Onkel so ereifern wie über die Slowenen, Pack und Brut, die slowenischen Predigten des örtlichen Pfarrers. Die heisere Stimme füllte die Bauernstube wie ein Kampfruf.

Von den eigenen Kindern, für die um den Tisch kein Platz vorhanden, *Tate* genannt, mit langgezogenem *a*. Kurzerhand schnitt er Mutter oder Vater das Wort ab, als ob er ihnen ihren Beruf nicht verzeihen wollte, die Lehrer in seinen Augen alles Müßiggänger. Schlürfend löffelte er die Suppe. Wenn Husten die Worte erstickte, lehnte er sich keuchend zurück, fuhr mit dem Taschentuch über die Stirn, zog den Hosenbund hoch, setzte nach dem Abklingen mit dem Essen fort, die Schultern fielen wieder nach vorn.

Die Suppe von Fettaugen übersät. Nach geraumer Zeit bildete sich ein Rand, halbstarr saß ich vor dem randvollen Teller, in stumpfer Schüchternheit, ein Schleier um den Löffel. Der Aufschnitt, den man am Nachmittag aufzutischen pflegte, nicht abzuwarten, Schinken und Salami, appetitanregend. In den gebrauchten Suppentellern, im erkalteten Suppenfett wurde das Fleisch serviert, wovor mir jedes Mal grauste. Aufgedrängte Gewohnheit. Mit den flachen Tellern sparte man. Gehortetes Gut. Der Onkel schob große Bissen in sich hinein, eine Gabelladung nach der anderen, ohne seine Mißbilligung zurückzuhalten, Zucken in den Backenknochen. Alles klang nach Zurechtweisung, kümmerliche Esserei. Weder Vater noch Mutter vermochten erfolgreich zu protestieren, ließen ihn gewähren, ihren Widerspruch unterdrückend. In der Salatschüssel schwammen grüne Blätter. Trüber Bodensatz im wasserverdünnten Most, herber Saft, ich nippte zwischendurch, auch das Glas wollte sich nicht leeren.

Allenthalben lauerte etwas Entwaffnendes. Ich nahm zögernd mit zwei Fingern die hölzerne Deckelscheibe vom Loch, legte sie in die Ecke des Sitzkastens. Der Schacht ein offener Schlund, kein Lichtpunkt auf dem Grund, nur stinkendes Schwarz, unsichtbar wimmelndes Ungeziefer. Eine Glühbirne mit wenig Licht. Auf einem Nagel Zeitungsblätter aufgespießt. Ich hielt mich mit beiden Händen am Rand fest. Der Strahl stach in die Tiefe. Im dämmrigen Plumpsklo des Obergeschoßes dauerte es länger, bis er aufklatschte. Überstürzt erhob ich mich, setzte den Deckel aufs Rund.

Einer der zwei Ställe vom Silo bedrängt, der Speicher gefährlich wie die Kalkgrube in der Nachbarschaft. Das Klirren der Viehketten, warmer Dunst schlug beim Eintritt entgegen, Mistgabeln hingen an der Wand, nackte Glühbirnen an der Decke. Unter den Gewölben reihten sich die Rinder, den Atem aus den Nüstern stoßend, der Onkel deutete auf die Prachtexemplare. Die wiegenden Hinterteile von Krusten bedeckt, auf der Hut, nicht in den Dreck zu steigen, den schlagenden Schwänzen auszuweichen, brachte ich mich im kuhlosen Teil in Sicherheit.

Etwas abseits das einzige Pferd, er legte die Hand an den Hals, klopfte ihm auf die Stirn, tätschelte es zutraulich, mit veränderter Stimme, einem Anflug von Wärme. Er umschritt das Tier, trat ganz nah an sein Ohr, murmelte etwas hinein, hielt einen Armvoll Heu ans Maul. Um den Mund der erstarrte Zorn.

Im Eimer schwappten die Essensabfälle. Moiza öffnete die Koben, schüttete die *Koschpl* in die Tröge, die Tierstimmen auf einmal weniger. In einem der Abteile eine Sau, die Reihe der Zitzen auf dem matschigen Boden ausgebreitet, die Ferkel ein dampfender, gieriger Haufen. Moiza packte die Sau am Ohr, kraulte das Tier, beruhigte es, stammelte etwas Unverständliches.

Auf einem Stockerl hockend, fast versteckt unter dem hängenden Kuhbauch, den Melkkübel zwischen den mistverschmierten Stiefeln, drückte sie die Euterzitzen zusammen. Der Milchstrahl rann über die Finger, spritzte zischend in den Eimer, auf der Milch die Milchblasen, Milchschaum. Warm, fett und gelb, die rohe Milch rief einen unangenehmen Geschmack hervor. Die große Kanne warm wie eine Wärmflasche. Moiza seelenruhig bei der Beschäftigung, immer so mit den Tieren, zwischen den Tieren.

Unweit des Hofs querten Gleise Wiesen und Felder, donnerten Züge hinweg. Einmal gingen wir mit der Kusine entlang des Bahndamms, um den Weg in den Wald, wo man die ersten Schneerosen vermutete, abzukürzen. Wir hüpften von Balken zu Balken, um nicht das mit Kohle vermischte Geröll zu berühren, in ständiger Spannung, daß ein Zug auftauchen könnte. Lichter und Funken plötzlich, zuerst leise, dann immer lauter. Wir kauerten uns am Fuß des Damms nieder, hielten die Ohren zu, in den Boden gedrückt, an eine Wand gequetscht, vom Lärm erschossen, stocksteif.

Im flachen Wald noch schmutzige Eisklumpen, Flecken auf dem feuchten, matschigen Boden, zerfleddertes Moos. Ein Tropfen und Knacken, Glucksen unter den Schritten, das

Rieselnde verstärkte den Eindruck der Wärme. Die Weiden stäubten früher im Unterland, die Palmkätzchen in all der braunen Nacktheit. Im Schnee Triebe, die ans Licht drangen, frisches, grünes Sprießen.

Undenkbar, während des Sommers einige Tage bei den Verwandten zu bleiben, so wie umgekehrt die Kusine einige Tage bei uns zubrachte, schon bei der Vorstellung stieg Unbehagen auf, nicht zu überreden. Als sich die Eltern einmal, während wir auf dem Heuboden unterwegs waren, tatsächlich mit dem Auto davonmachen wollten, spürte ich schlagartig etwas Verdächtiges, ahnte das Vorhaben. Zielbewußt witternd rannte ich auf die Straße, sah die Rückseite des Autos um die nächste Kurve verschwinden. Schreien und Winken. Vater hielt an. Ich drückte mich in die Polster des Rücksitzes, Wut und Scham. Pfeilgerade lief die Allee auf die Stadt zu. Der Lindwurm glotzte. Ich hörte keine Vorwürfe, aber nichts war in Ordnung.

★

Ein Schicksalstag, ein schulfreier Tag. Anläßlich des Gedenkens an den Abwehrkampf, der Abstimmung um den Bestand der südlichen Grenze. Absicherung durch den Namen. Die 10.Oktober-Straße verlief unweit der Schule, auf einer Seite von Wohnhäusern gesäumt, Lehrerwohnungen, Lehrerblikke. Während des Unterrichts wurden am Vortag gelb-rotweiße Fähnchen gebastelt, Gedichte akkurat abgeschrieben, mit Schnörkeln verziert, Blumengirlanden, in der letzten Stunde alle Klassen für die gemeinsame Feier in den Turnsaal gestopft. Der Direktor, der nie eine richtige Amtsmiene aufsetzte, hielt eine Ansprache. Auserwählte beteten kompakte Verse herunter, zum Abschluß sang man gemeinsam die drei Strophen der Landeshymne. Unzerstörbares Allgemeingut. Abends bot sich ein Umzug an, besonders im Unterland. Man strömte bei Anbruch der Dunkelheit zusammen, scharte sich unter den Fahnen, viele Männer im landesüblichen, schokoladebraunen Anzug. Vater trug keinen, ebensowenig ein Hut auf dem Kopf. Ich protestierte vergeblich, sie bestand darauf. Nicht anzukommen gegen die anständige Aufmachung. Roter Filz, der Hut verpatzte die Stimmung. Wie er den Kopf in Beschlag nahm, ihn aufplusterte. Der kleine Bruder hatte den gleichen in Grün. Mutter behielt auch in Innenräumen gerne den Hut auf oder die Pelzkappe. Große Fahnen, kleine Fahnen, an kurzen Stangen, an langen, fahnenschwenkende Menschen. Legale Fackeln gaben der Stunde eine aufregende Färbung, die gelb und ziegelrot züngelnden Flammen. Der Widerschein in den Augen, erhellte Gesichter. Eine einzige riesige Familie, eine Menschenschlange, die dahinzog, ein nichtendenwollender Zug, nicht einmal Platz vorhanden, zurückzutreten. Die Musikkapelle gruppierte sich im Lichtschein der Straßenlaternen, dunkle Uniformen mit hellen

Knöpfen. Um das Kriegerdenkmal nahmen die Abordnungen diverser Bünde und Gruppen Aufstellung, strammes Stehen, Schulter an Schulter. Tote Blätter am Boden, Laubhaufen, in denen die Beine bis zu den Knien versanken. Unsagbar lang, wie sich die Zeremonie in die Länge zog, nichts, wo man sich hinkauern konnte. Der peitschende Klang der Bläser, die kurzen, scharfen Trommelwirbel. Die Luft voll von Heldentönen, Heldentaten, Beteuerungen. Das Blinken der Orden auf der Brust kannte keine Grenzen.

★

Nebel in der Talrinne, Nebelschwaden, eine Schneekruste bedeckte die Fahrbahn, zwischen steil ansteigenden Waldhängen, Felsklötzen schlängelte sich die Straße durch den Graben. Am heckseitig montierten Schiträger des VW-Käfers steckten fünf Paar Schi, Schistöcke, wie aufgestellte Bleistifte. Allmählich wärmte die Luft aus dem Gebläse das Innere, auf der Ablage unterhalb der Heckscheibe die sichtversperrenden Schisachen.

Der Bach stellenweise mit Eis überzogen, Eisschollen, an den Felsblöcken hingen Eiszapfen, verkehrte Orgelpfeifen, kleine Wasserfälle zu einem Eiszopf erstarrt. In der Enge des Grabens verwandelte sich die Straße in eine holprige Bahn, am Rand Schneehaufen und Klumpen. Im Kurort waren Lifte noch die Ausnahme, nicht mehr als ein Schlepplift, eine Warteschlange. Wimmelnde Punkte auf der Piste, die Gestalten der Schifahrer, bewegliche Rufzeichen.

Das alte Schulhaus lieferte oft Gesprächsstoff während der Anfahrt, in dem Vater und Mutter sich als blutjunge Lehrer das erste Mal begegneten. Er hatte noch nicht die Zwanzig überschritten.

Insgeheim genierte ich mich für den umgekehrten, unüblichen Altersunterschied, desgleichen für ihre Vornamen, derart biblisch, weihnachtlich. In der Krippe Engel, Könige, Schafe, Esel und Kuh, gruppiert ums Jesuskind, Josef und Maria, die Heilige Familie. Sie mit blauer Schleppe, er mit langem Stab.

So oder so, das freie Zimmer unter dem Dach stand traditionsgemäß der Lehrerin zu, Vater mußte sich anderswo umschauen. Damals, als die dörfliche Welt noch fast unangetastet vorhanden. Die Schülerzahl einer Klasse belief sich auf fünfzig und noch mehr, Kinder verschiedener Altersstufen.

Geölte Böden, die Klassenräume im Winter manchmal ungeheizte Höhlen.

Das Auto zweigte ab, erklomm die Kehren hinauf ins höher gelegene Dorf. Die Schneefelder, scharf und funkelnd, zerschnitten von Zäunen und Baumgruppen, auf den Hängen zerstreute, abgelegene Gehöfte, halb im Schlaf. Um die Kirche mit dem spitzigen Turm schindelbedeckte Holzhäuser, weiße Kalkstreifen zwischen den Fugen, Brüstungsbretter mit Lochmuster. Das vorderste im Besitz des Generaldirektors, ein doppelter oder dreifacher Doktor. Nach außen hin Zurückhaltung, im Inneren bewunderungswürdiger Komfort, da war sich Mutter sicher. Tannenzweige steckten in den Balkon- und Fensterkisten.

Der Babylift passé, die Stemmbögen am Hang oberhalb des Parkplatzes, ebenso die in eine Decke gehüllte Wärmflasche, die parat war, wenn Nachfrage bestand oder Überdruß, heiße Zitronenlimonade in der Thermoskanne. Auch nicht mehr von Vaters Armen auf den Schoß, sondern vom Liftwart, einem seiner ehemaligen Schüler, auf den Sessel gehievt, mit der um die Mitte gewickelten Decke beschwert. Er hatte stets ein freundliches Wort übrig. Der Bügel so streng verankert, daß es ungewiß war, ob es gelänge, ihn nach vor zu holen, um die Schi aufs Trittbrett zu stellen. Manchmal nicht zu schaffen, und ungesichert ging es bergauf, ohne Riegel, Fangarme. Permanente Angst, abzurutschen in die Tiefe. Ich hielt die Beine möglichst ruhig, umklammerte die Seitenlehnen, besorgt, einen der Stöcke zu verlieren. Bei den Liftmasten am schlimmsten, der Sessel sank jedes Mal ein Stück, geriet ins Wanken. Einer der ältesten Sessellifte des Landes. An den Stützen Tafeln mit italienischer Aufschrift, mit englischer auch, Anweisungen, nicht zu schaukeln.

Unverwischt die Spuren unterhalb der Lifttrasse, von Tiefschneefahrern zurückgelegte Abfahrten in Form von Schlangenlinien, die sich immer wieder kreuzten. Das gleichbleibende Summen der Liftmaschine, hin und wieder Rufe über die Schulter, von einem Sessel zum anderen. Eine Stille im Wald, die noch größer wurde durch die Geräusche in ihr. Knack- und Seufzlaute, das Ausschnellen eines Astes, der Fall eines Zapfens, die Regung eines Tiers, Schneefladen, Schneefahnen. Ich traute mich kaum, mich umzudrehen, weil die baumelnden Schi, das Gewicht der Beine. Schon vor der Einfahrt in die Mittelstation, wo einer nach dem anderen entlassen wurde, löste ich den Klettverschluß der Decke, rutschte mit dem Hintern bis zur Sesselkante vor, um im richtigen Moment abzuspringen.

Der zweite Teil der Liftstrecke verlief in geringerer Höhe, an gewissen Stellen konnte man mit den Schispitzen fast den Schnee berühren, wenn es viel davon gab. Je höher, umso weniger Bäume, dann gar keine mehr. Über der Baumgrenze griff der Wind freier um sich. Trug feine Eisnadeln von der Schneefläche hoch, stechende Kälte, eisige Feuchtigkeit. Ich preßte unter den doppelten Handschuhen die Finger zu Fäusten.

Bergab in der Spur des Vaters, er sah es nicht gern, wenn ich nicht darin fuhr, gesondert die bucklige Abfahrt hinunterkurvte. Die taubengraue Windbluse mit dem Bergrettungsabzeichen hob ihn von der Menge ab. Geschmeidiges Wedeln, enge Schiführung, ebenso präzis die Anleitungen, nach Regeln. Auf dem Scheitelpunkt des Hügels die Drehung, das leichte Hochziehen der Schultern, das Tiefdrücken der Knie. Während ich, halb rutschend oder im Schneepflug, die eisigen Platten an den Steilhängen querte, die tückischen Stellen meisternd. Die Brüder ließen den Schnee stauben, Mutter entschied sich für das flachere Gelände, bemüht, den Könnern in weiten Bögen auszuweichen.

Vater bevorzugte den Pistenrand, wo sich zuhauf zusammengeschobener Pulverschnee mugelte. Er lenkte die Schi über den Rand, versackte bis zu den Knien, kultivierte Schwünge. Die Mühe, die Schi möglichst parallel zu halten, ohne daß sie sich überkreuzten. Ich hörte wenig anerkennende Bemerkungen, zu wenig.

Einmal ein untrüglicher Schlag. Kein schlimmer Sturz, aber ein Stich beim Versuch, mich aufzurichten. Ich blieb im Schnee sitzen, mit dem pochenden Bein, das nichts Gutes verhieß. Vater brettelte das Stück zurück, löste die Schuhe aus den nicht aufgesprungenen Bindungsbacken, machte die Riemen los, legte mir seinen Anorak unter. Der Schmerz flaute nicht ab, bei der geringsten Bewegung flammte er auf, machte das Auftreten unmöglich. Keine Chance, selbständig ins Tal zu kommen. Schi und Stöcke steckten unverletzt im Schnee. Schließlich kam ein Ackja zum Einsatz, ein Schlitten in Bootsform, verzagt lag ich darin, mit Gurten festgeschnallt, einer Decke vermummt. Der Himmel zeigte sich unbetroffen.

Die Stimme hatte etwas Ungerührtes, der weiße Mantel furchteinflößend, die Geräte und Apparaturen, Anzeigenpfeile. Der Hausarzt umfaßte den bloßgelegten Fuß, fuhr Zentimeter für Zentimeter den Knöchel hinauf, tastete das Bein ab. Ein feiner Riß, am Röntgenbild zeigte er den Verlauf der Bruchlinie an Waden- und Schienbein, die erwartete Diagnose. Anschließend krempelte er die Ärmel auf, band sich eine Plastikschürze um, als rüstete er sich zu einer Operation, umwickelte mit nassen Gipsbinden das Bein bis auf Kniehöhe, fixierte den Gummistöpsel. Der Blick auf die eingebetteten

Zehen blieb frei. Reine Routine, eine simple Sache, der nächste Transport wartete.

Kein Meisterstück, wie das Zusammenflicken der Sehnen, das Annähen des Daumens, den sich der große Bruder beim Holzspalten abgehackt hatte, fast abgetrennt. Aus dem Krankenhaus wäre er vermutlich ohne zurückgekommen, der Daumen ein für allemal verloren, in Ermangelung eines geschickteren Chirurgen.

Das Bein ein starrer Klumpen, Klotz. Zunächst jeder Bewegungsmöglichkeit beraubt, wurde ich für eine Woche auf die Couch ins Arbeitszimmer verlegt, weil ebenerdig leichter zu versorgen, mit Topf und Trost. Als ich das erste Mal mit Vaters Unterstützung ins Bad humpelte, erfaßte mich, noch vor dem Erreichen der Klomuschel, ein krasses Schwindelgefühl. Die unpassierbare Ohnmacht. Daß ich auf etwas Unbestimmtes fiel, davontrieb, fortgerissen. Auf der Couch geriet wieder alles ins Gleichgewicht. Nach etwa zwei Wochen wieder im Stadium des Gehens. Nach zwei Monaten von dem mit Namen beschriebenen Gips erlöst. Das Bein schrecklich weiß, abgemagert, ein abgeschälter Ast, dünner Stecken, gelenksteif. Ich wagte kaum, es zu bewegen. Auf einem Bein durch den Vorraum hüpfend, mich an Möbeln entlangbewegend, an Türrahmen festhaltend, hüpfte ich wie ein Huhn, das sein kaputtes Bein schont.

★

Ein Muster, das ich auswendig konnte, die Wände von oben bis unten tapeziert, ein Streifenmuster in gedämpften Gelbtönen für die schrägen Flächen, Dekor für einen neuen Abschnitt, der Lampenschirm blieb derselbe. Dergestalt wurde das Zimmer nach dem Auszug der Brüder mein Zimmer. Über den Holzboden spannte sich ein Teppich, der in die Mansarde eingepaßte Kleiderkasten nußbraun, Sonderanfertigung. Mitten im Raum die zwei ehemaligen Wohnzimmerfauteuils, ein runder Tisch, eine richtige Garnitur. Zierpolster in den Ekken, im Bauch der Couch verschwand das Bettzeug, Couch und Kommode drängten sich eng aneinander. Neben dem Klappbett ein Schreibtisch mit zwei absperrbaren Laden, im eingebauten Regal die buntscheckigen Bücherrücken, Vielgehörtes, Vielgelesenes. Kinder- und Hausmärchen, die Kinderbibel, *Die Kinderwelt von A bis Z*, die Inselgeschichten eines Esels namens Moro, *Die kleine Hexe*. Von den Märchenschallplatten besonders *Der kleine Muck* und *König Drosselbart*.

Über dem Waschbecken bot eine Ablage Platz für eigene Toilettesachen. Nichts schien zu fehlen, ein Morgenzimmer, ein Mittagszimmer, ein Mädchenzimmer, eine sonnendurchflutete Zelle. Wichtig und warm, alle Entfernungen bekannte, abschätzbare Maße. Die Wände umgaben mich beinahe schwesterlich, und die Wünsche hatten Platz zu reifen. Ich verkroch mich, vergrub mich in die Mädchenbücher, die unverwüstlichen Internatsgeschichten, die Abenteuer von Dolly, Gulla, Hanni und Nanni, von nichts und niemandem gestört.

Stets ein Ton der Übertreibung, der städtisch klang. Ihre exaltierten Ausrufe, als sie mein Zimmer kommentierte. Nie hatte die Nachbarin auf der Gemüsegartenseite eine Kleiderschürze an, höchstens kleine Schürzen mit Volants. Obendrein mit dem Generaldirektor verwandt. Hin und wieder wurden große Einladungen gemacht, zu denen die Herrschaften hupend vorfuhren. Direktoren, Doktoren, Diplomingenieure, alles wichtige Leute vom Werk und anderswo. Sie trug gewöhnlich flache Schuhe, damit sie ihren Mann nicht mehr als nötig überragte. Sonntags schickte sie eines der Kinder regelmäßig um etwas, wenn bei uns bereits die Hauptspeise auf dem Tisch stand. Schon der Einkauf schien sie als Hausfrau zu überfordern, was Mutter zu geringschätzigen Bemerkungen veranlaßte, dahingehend, daß sie als eine galt, die über die Verhältnisse lebte, wo der Mann nur ein Angestellter in mittlerer Position, aber zwei Autos. Die Haustür ließ sie mit Krach ins Schloß fallen, mit Verachtung strafend. In der Nachbarschaft dachte man ähnlich über sie, die so tat, als würde sie in einer Villa wohnen, während im Wohnzimmer die Polstermöbel an Form verloren und auf der Terrasse Unkraut an den Rosenstöcken emporwucherte. Dagegen die makellosen Rabatten und Beete in den Gärten rundum, daß kein Kraut. Die Vornehmheit fiel in die Tasse. Beim Nachmittagskaffee war sie mit von der Partie, bewunderte die Glasur auf dem Kuchen, ihr kehliges Lachen drang bis in mein Zimmer.

Langgezogenes Rufen. Der gesteigerte Klang meines Namens, die erste und zweite Silbe gedehnt. Wenn Mutters Stimme durch das Stiegenhaus hallte, wartete eine Aufgabe, irgendeine Erledigung. Eilige Schritte die Treppe hinunter. Ich warf auf ihr Geheiß Schmutzwäsche in die Kiste in der Waschküche, nichts weiter. Zwischen Heizkessel und Schleuder fiel der Blick einmal auf einen halbversteckten Eimer. Rotbraun das Wasser, darin eingeweichte Stoffetzen. Unwissend wußte ich, erriet, bevor ich wußte. Blutfarbe, Mutterfarbe, trüber Fund. Die Vorstellung vom blutigen Leben, der vorausahnende Geschmack. Eine Hitze breitete sich aus, wie Fieber. Ähnlich dem Gefühl, als ich eines Nachts, ohne anzuklopfen, die Schlafzimmertür öffnete und schlagartig bemerkte, daß Vater und Mutter ein geheimes Leben hatten.

Mehr als regulär interessierte ein Buch aus dem Bücherregal im Wohnzimmer. Im geheimen brütete ich über den schwarzweißen Abbildungen, Anschauungsbeispielen. Geschwülste, Hautkrankheiten, von eiternden Pusteln entstellte Gesichter, dunkle Flecken, Beulen, schorfige, schuppige Herde, gefleckte, schwammige Zungen, herausdrängende Augen, Augäpfel. Entblößte Frauenkörper, eine Liegende mit einem Lappen auf dem Bauch, von einem schweren Bügeleisen beschwert, eine Stehende mit einem kugeligen Bauch, das mit Haaren Bewachsene. Aufwühlende Bilder. Das Entziffern der unbekannten Ausdrücke, ich trug das Arztbuch zurück in den Bücherschrank, um es bei der nächsten Gelegenheit wieder zu holen.

Eines Tages bemerkte ich eine Art Knoten auf der Außenseite des Oberarms. Wie besessen griffen die Finger die Stelle ab, etwas Flaches, bohnengroß Hartes. Im Arztbuch las ich von Tumoren, von Knochen-, Haut-, Brustkrebs, wie sich die Zellen in rasender Geschwindigkeit ausbreiteten. Die Andeutungen einer Geschwulst, die Vorzeichen des Todes. Wochenlang konnte ich nicht aufhören daran zu denken, unheilbar krank, von einer Todeskrankheit befallen zu sein. Sagte niemandem ein Wort darüber. Im Bett, vor dem Einschlafen, stellte ich mir wieder und wieder dieselbe Szene vor. Ein gekachelter Raum, in den ich hineingeführt wurde. Völlig entkleidet auf einem Untersuchungsbett hingestreckt, Hände, die mit medizinischen Instrumenten hantierten, über den

Körper fuhren, zwischen die Schenkel, Hände, die die Brüste kneteten, von denen noch keine Spur vorhanden, nicht eine Andeutung von Busen.

★

Über tausend Kilometer waren die Städter gefahren. Ein einziges Mal ließen sich die Eltern auf sie ein, als Mutter ein Jahr von der Schule pausierte. Ein Sommer, in dem die Fremden das Land stürmten, lauter Besetzt-Schilder an den Balkonen der Hotels und Privatquartiere hingen, gedrängt voll die Campingplätze, die Sommerfrischler überrannten förmlich die Gegend, spähten über jeden Zaun, selbst die hintersten Winkel, fern ab vom See, blieben nicht verschont, und die Saison ließ nichts zu wünschen übrig.

Provisorische Gästezimmer, in die die Fremden einzogen, in mein Zimmer und das der Brüder, und mit ihnen der Geruch nach Deodorant, Nagellack, Eau de Cologne, Rasierwasser, Zigaretten. Ausquartiert übernachtete ich auf einem Notbett im Elternschlafzimmer. Gut, daß im Arbeitszimmer von Vater ein ausziehbarer Tisch stand, der Küchentisch blieb für uns reserviert.

Alles bezog sich in gewisser Hinsicht auf die Urlauber, Lärmvermeidung in der Früh, Semmeln holen, der Aufwand mit dem Geschirr. Die Eier nach ihrem Maß, sie tranken im Überschuß Kaffee, versuchten während des ausgedehnten Frühstücks, die Eltern in ihre Unterhaltung einzubeziehen. Mitteilungsfreudig kommentierten sie die hausgemachten Marmeladen, Marillen, Ribisel, ganz nach ihrem Geschmack, Aprikosen, Johannisbeeren. Solange es nicht regnete und das Barometer Tag für Tag heißes Wetter anzeigte, drang nichts Störendes auf sie ein.

Ihr Vorrecht auf mein Zimmer. Während sie tagsüber unterwegs waren, schlich ich auf leisen Sohlen ins obere Stockwerk, öffnete die Tür, stöberte heimlich, zu Besuch im eigenen Zimmer. Ich zog Schubladen heraus, entdeckte Accessoires, in einer Toilettetasche einmal Watteriegel. Kein

Name, keine Erklärung parat, ich vermutete etwas delikat Weibliches.

All die Worte, die in der gleichen Sprache so anders klangen, selbstsicher und gelassen, die weich und geschmiert aus der Kehle rutschten. Der Schwung der Rede, der nicht zu stoppen schien. Immerzu stand das Passende zur Verfügung, klipp und klar. Wenn man so zu sprechen versuchte wie sie, verfiel etwas in Anstrengung. Eine Schüchternheit befiel mich in der Gegenwart der Fremden, Unterlegenheit. Schweres legte sich auf die Zunge, trat lautlos zurück. Als ob sie sich herausdrücken müßten, aus dem Mund, herausarbeiten, die Wörter, geformt, verformt durch den Dialekt. Der Mund der Gegend sprach anders. Ein Ton saß mehr in der Kehle, ein anderer mehr am Gaumen, etwas klang härter, etwas weicher, singend manchmal. Weniger Platz für die Wörter. Halbverschluckte Konsonanten, zwischen unreinen Vokalen zerquetscht.

Die Buchstaben meines Namen reduzierten sich um einen. Aus dem *e* und *l* wurde ein *ö*, bald kurz, bald lang ausgesprochen. Eigentlich hätte ich eine *Barbara* werden sollen, aber eine Sonderschülerin vermieste Mutter den Namen, in ihren Augen eine von den schwereren Fällen. Mein Name besser. Ich teilte ihn mit einer Mitschülerin, einer etwas älteren Werksdirektorstochter und der Praxishelferin des Dentisten. Aus dem Mund der Deutschen klang der Name heller, klarer. Freie Bahn, nichts Holpriges. Deutschland stellte ich mir in erster Linie flach vor, ein riesiges Flachland, wo die Berge aus dem Verkehr gezogen waren.

Dichtgedrängt saß man abends manchmal um den Tisch, wie bei einem Geburtstagsfest. *Monopoly*, die Sache war einfach. Schnell hatten wir kapiert, worum es bei diesem Spiel der Deutschen ging, welche Grundstücke die Krone aufsetzten. Die Kleinen an der Seite der Großen, es dauerte, bis alle Straßen ihre Besitzer fanden. Ermutigende oder weniger ermutigende Aussichten. Transaktionen wurden getätigt, man rang sich zu einem Tausch durch. Sobald die Straßen verbaut, die grünen Häuschen aufgestellt waren, spitzte sich die Lage von Runde zu Runde zu. Die Investitionen zeigten kompromißlos ihre Wirkungen, alsbald kamen die ersten in Bedrängnis, die Besitzer der geringeren Gründe. Die Hoteliers der prominenten Adressen kassierten wie am Schnürchen, der Eigentümer der zwei Alleen ein Heidengeld, lauter zyklamfarbene Zehntausendmarkscheine. Sichtbarer Reichtum, auf dem Bankrott der anderen gebaut. Der Größte schluckte die Kleineren, Kleinsten. Dieser Genuß, die Scheine zu ordnen. Hauptsache, der Sieger war einer von uns.

★

Einbuchtungen, Ausbuchtungen, Vater auf der Suche nach einer Schnur für die henkellose Milchkanne, die Verwendung fand, wenn Schwarzbeerklauben angesagt war. Die Dellen mit der Zeit immer mehr. Mutter drängte zum Aufbruch. Es gelang ihm fast immer, die Gereiztheit zu unterdrücken, wenn sie sich einmischte. Wir fügten uns mit Murren, während der Anfahrt wechselweise Unmut äußernd. Die Straße stieg in Serpentinen an, stark erweitert, ausgeschoben, aus der Landschaft herausgerissen, wunde Wiesenränder, von Geröll flankiert. Mit dem Auto bequem bergauf, was Mutter nicht müde wurde zu bestaunen. Zu ihrer Zeit wäre man stundenlang, über einen Tag mit dem Vieh unterwegs gewesen, zu Fuß, vom Unterland ins Oberland, um es einem Bauern zu überlassen, der eine Alm besaß, wo das Vieh den Sommer über blieb, auf Erfrischung in der Höhenluft.

Keine Zeit zu verplempern, Vater ging unverzüglich an die Arbeit, richtete alles her, band die Kanne um den Bauch, drückte Einlitertöpfe in die widerstrebenden Hände, sparte nicht mit Ermunterung. Er bahnte eine Abkürzung, einen Weg durch das Gestrüpp, wenn viel vorhanden.

Schlupfwinkel in den Baumhöhlen, Pilze auf Schlangenhälsen, die Furcht, auf einen Kopf oder Schwanz zu treten, eine Furcht, die beständig auf einen Anlaß lauerte. Schon ein abgebrochener, modernder Ast, ein Geraschel unter verdorrenden Zweigen löste Schrecken aus, als krieche etwas hinter mir her, ein aufgesperrtes Maul, spitzzüngige Anwesenheit.

Nichts als Schwarzbeerkraut, spärliche Reize. Die kleinen Blätter auf der Unterseite purpurrot, stumpfes Aufleuchten zwischen den Blättern. Eine Beere nach der anderen wanderte in den Mund. Der Topf wollte sich nicht füllen, man begann immer wieder von vorn, ihn bodenbedeckt zu haben, war ein kleiner Triumph, erst recht halb voll. Die Fingerkuppen färbten sich, bis unter die Fingernägel fraß sich das Schwarz vor, das Bläulichschwarze färbte die Zähne, die Lippen, die Zunge. Der große Bruder gewissenhafter bei der Sache. Der kleine stocherte mit einer Astgabel in einem Ameisenhügel oder kratzte zum Vergnügen Harz von Stämmen, ich rastete auf einem Baumstumpf wie auf einem Beobachtungsposten, Hochsitz, ehe ich weitergraste. Nicht ohne es mit dem Griffel aufzunehmen, eine Schaufel aus Holz mit einem engzahnigen Kamm aus Nägeln. Ein erfolgversprechendes Gerät. Zwischen den Zähnen blieben eine Menge Blätter stecken, zerquetschte Beeren, schwärzlicher Brei. Eine ruppige Angelegenheit, sofern man nicht behutsam vorging. Ich ließ es wieder sein. Mühsam wurde ein Liter zusammengebracht, das Geschirr nicht zu voll, damit nichts verlorenging. Vater leerte die Beute in den Eimer, er schaffte am meisten, wollte nicht aufhören, bis ihn Mutter bremste.

Mit großer Genugtuung wurden die Liter gezählt, die Tagesrekorde. Die Beeren mußten daheim vom mitgepflückten Laub getrennt werden. Eine Arbeit, die auf dem Küchentisch stattfand, kein Herumgedruckse, keine Ausreden. In der Mitte ein Berg. Jeder nahm sich eine Menge, sondierte den Mist, schob die Beeren mit einem Holzspan über den Tischrand in eine Schüssel, rollte eine auf den Boden, mahnte Mutter zur Vorsicht.

Der Linoleumboden noch derselbe, aber die Küche neu eingerichtet, auf rustikal, gemäß Mutters Wunsch nach einer Bauernstube. Die Farben der Vorhänge, des Stoffbezugs der Eckbank und des Lampenschirms aufeinander abgestimmt. Die Kredenz voller Details. Die Steingutteller und bemalten Krüge wurden von Jahr zu Jahr mehr. Alles gut genützt, dunkler als früher, um die Wände eine Holzverschalung. Daß der Bezug keine Flecken davontrug. Das Schwarz an den Fingern mit Zitronensaft am leichtesten zu entfernen, jeden einzelnen Finger mußte man abreiben.

Gläser und Flaschen mit eingemachten Früchten, Marmelade, Kompott, Saft, die Regale im Obstkeller quollen über, unentbehrlicher, unübersehbarer Vorrat. Die Holundersaftflaschen leerten sich ordnungsgemäß als erstes. In Eimern mit Dolden angesetzt, Zucker und Zitronenscheiben, mit einem Tuch überdeckt stehengelassen, wurde der Saft nach einigen Tagen in Flaschen gefüllt, mit Wachs verkorkt. Manchmal zerbarst eine, vom Druck gesprengt, versickerte die ausgespuckte Flüssigkeit im Kellerboden. Hollersekt, mein Lieblingssaft, perlende Kostbarkeit für hochsommerliche Tage, Schluck für Schluck süßsaures Prickeln.

★

Der Faltenwurf in der Knie- und Knöchelgegend, gerippte Baumwollstrumpfhosen in gräulichem oder bräunlichem Ton, Häkellookstrumpfhosen, die modern wurden, hatten die wenigsten der Mädchen an, ich erhielt meine erste zum zehnten Geburtstag. Eine lilafarbene mit einem löchrigen Muster, das elastische Gewebe sorgte für einen strafferen Sitz. Unter dem Trägerrock, ein ärmelloses, häufig aus Trevirastoff mit an der Hüfte angesetzten Falten geschnittenes Kleid, wurde eine Bluse oder ein Pullover getragen. Ob einfärbig oder im großkarierten Schottenmuster, mit einer daumengroßen Sicherheitsnadel aufgeputzt, ob der Zippverschluß vorne, seitlich oder hinten, das praktische Gewand ließ sich mindestens einmal verlängern. Meistens von Mutters schwarzarbeitender Schneiderin angefertigt, ihre Nähmaschine moderner als die von Großmutter.

Morgengebet, Lesen, Schreiben, die Pflicht senkte sich nieder wie Nebel. Gut im Rechnen, besser im Kopfrechnen, die Lehrerin hatte darauf bestanden, eine gute neben eine schwache Schülerin zu setzen. Im Federpennal steckten ungespitzte und angenagte Stifte. Immerzu zog die Banknachbarin Rotz ein, strich sich mit dem Ärmel übers Gesicht, putzte die Nase mit dem Handrücken, wischte die schleimigen Fäden in den Pullover. Warzige Hände, noch Tintenflecke vom Vortag, Fettflecke im Heft, die die Finger verteilt hatten. Eine vom Berg, dicke Brille, hinter den runden Scheiben stark verkleinert die Augen. Der Mund blieb für einen Augenblick offen, ehe er zu sprechen anfing, die Worte von außen erwartend. In der ersten Klasse war einmal eine Lache unter ihrem Sessel, ein anderes Mal zerbrach sie in stiller Wut einen Bleistift, zerriß ein Übungsblatt. Plötzlich Nasenbluten, das Blut durchtränkte das Taschentuch, der Fluß nicht zu stoppen. Jedes Mal versuchte sie es zu verbergen, blickte schüchtern um sich, den Fetzen an die Nase pressend. Im Heft sammelte sich eine Reihe roter Tropfen, das Gesicht eine weiße Wand.

Selten kam ein Lächeln über die Lippen, ein Lob, ein Anflug von Zustimmung, der nüchterne Klang der Stimme, barsch und schroff, wenig Sinn für Humor. Etwas Behäbiges in den Bewegungen, die junge, ihre ersten Dienstjahre absolvierende Lehrerin lehnte mit Vorliebe am Heizkörper, farblos gekleidet, ohne Schwung, der müde Rock reichte über die Knie, unter dem Pullover zeichnete sich der leicht gewölbte Bauch ab. Die mütterlichen Kleider nicht im geringsten modisch, die Frisur. Als achte sie ausschließlich auf das Unterrichten, seit jeher darauf eingeübt. Ebenso gefürchtet wie ihre Mutter, eine Lehrerin im Ruhestand, deren herbe, tobende Stimme sich hervorgetan hatte, wie ein Lineal, das die Hände rot schlägt.

Sechs Kugellampen hingen von der Decke, hohe Sprossenfenster auf der einen Seite, auf der anderen die ausgerollte Landeskarte. Alle Formen auf engstem Raum. Die blauen Windungen der Flüsse, die braunen Zonen der Berge, die weißen der Gletscher, die grünen Flächen, die kreisförmigen und ovalen, hingestreuten blauen Flecke, die nennenswerten Seen. Land der zweihundert Seen. Wenn die Hand der Lehrerin während des Heimatkundeunterrichts mit dem Zeigestock die Flüsse und Täler entlangfuhr, konnte ich sie wie eine Litanei hersagen. Alle Flüsse, die in den einen Fluß fließen, die blaue Linie, die den Namen Drau hat, am vierhundertviertlängsten der Welt.

An der Rückwand eine Aufnahme, die das Werk aus der Vogelschau darstellte. Der Magnesit, vorerst im Tagbau, später tief im Berginneren, in Stollen und Schächten gewonnen, wurde per Materialseilbahn ins Tal befördert, im Werk verarbeitet. Derart geriet das Dorf zum größten Industrieort des Oberlandes. Die feuerfesten Steine in alle Welt verschickt. Schon der Name verriet Internationalität. Österreichisch-Amerikanische Magnesit A.G.

Die unerschütterlichen Sagen der Heimat. Einer zufolge hauste auf dem Berg ein Riese, hoch oben, einsam in einer Höhle. Tief unten im Tal ein See, an dem ein Fischer mit seiner bildschönen Tochter lebte, die der spechtelnde Lackel ins Visier nahm, kurzerhand entführte. Doch der Bursche, dem das Mädchen versprochen war, ließ die Sache nicht auf sich beruhen, rächte sich listig, reichte dem Kidnapper einen einschläfernden Trunk, rettete auf diese Weise die Braut. Der erwachte Riese, zornentbrannt am Gipfel rüttelnd, ließ die ganze Gegend erbeben. Mit den Händen brach er Blöcke los, trieb den Gipfel auseinander, grub sich sein eigenes Grab. Durch den Felssturz verlor der Berg die Spitze, im Tal waren aus einem See zwei geworden, kündet die Sage.

Die in blauem oder naturweißem Packpapier eingebundenen Bücher und Hefte lagen gestapelt auf den Tischen. Das Datum und die laufende Nummer leiteten die tägliche Schulübung ein. Auf den linierten Seiten wurde mit einem Bleistift ein feiner Rand gezogen, für gleichmäßig lange Zeilen. Die Köpfe senkten sich über den Heften, ihr Auf- und Abgehen in den Gängen zwischen den Bänken, plötzlich fühlte man etwas im Rücken. Sie jagte durch Sätze, wollte Satzgegenstand und Satzaussage bestimmt haben, Zeitbestimmung, Ortsbestimmung, warf ein besonderes Auge auf die Anwärterinnen fürs Gymnasium. Keine Strähne wagte sich hervor. *Trenne nie st, denn es tut ihm weh*! Und andere Rechtschreibregeln. *Die*

Silben -chen und -lein stehen immer allein! Die Wörter hielten stand, bis der Rotstift sie bearbeitete.

Im karierten Heft galt es darauf zu achten, daß die Rechnungen untereinander standen, nicht zu einem schiefen Turm gerieten. Lange Aufgaben, zweistellige Divisionen mit Probe, deren Resultat, nachdem eine halbe Heftseite bedeckt war, am Ende mit der zu dividierenden Zahl übereinstimmen mußte, wenn nicht, steckte irgendwo ein Fehler, der gesucht werden mußte. Sobald ein Geschmier entstand, nahm ich aus der Mitte das Blatt heraus, wo man die Klammer lösen konnte, damit sie es nicht merkte.

Wohlgeordnet die Pause. Die bräunlich gefärbten, auf den Heizkörpern lagernden Glasflaschen beinhalteten montags immer Milch, am Flaschenhals bildete sich ein Fettrand. Im Gegensatz zum Kakao war die Ration kaum leerzukriegen. Der Strohhalm zerfaserte vom ausgiebigen Kauen, ganz weich wurde das Harte, zum Trinken kaum noch geeignet. Das Butterpapier faltete ich zum Wiederverwenden zusammen, steckte es ins Jausenfach der Schultasche. Nur Mädchen drängten sich im Gang. Unerlaubt ließen sich halbwüchsige Sonderschüler aus dem obersten Stockwerk blicken, lauerten hinter Mauervorsprüngen, streckten Beine, stemmten die Brust heraus, hungrige Augen. Unbemerkt behaupteten sie die Szene. Die Schulglocke scheuchte sie aus den Ecken hervor, in Nullkommanichts verzogen sie sich, ließen vom letzten Treppenabsatz etwas fallen.

Die nötige Geduld wollte sich nicht einstellen. In der Handarbeitsstunde wurde für das Häkel- oder Strickzeug ein Tuch über den Tisch gebreitet, der Faden um den Finger gewickelt. Mit der rutschigen Nadel in die Masche stechend, wollte der Finger das Garn oft nicht über die Nadel bringen.

Luftmaschen, Stäbchen, feste Maschen, die Löcher fielen ungleich aus. Der Lappen geriet zu einem schiefen Trapez. Ein schmuddeliges Stück, auf dem die Arbeit abfärbte. Die Maschen mit den Fingern zählend, zwei glatt, zwei verkehrt, das unregelmäßig Gestrickte der Bettpatschen bemerkte man auf einen Blick. Ein Malheur, wenn eine Masche davonrann.

Die frisch aus der Ausbildung entlassene Handarbeitslehrerin hatte in der Nachbarschaft Quartier bezogen. Nach der letzten Stunde stapfte man gemeinsam den Steig hinauf. Ihr angenehmes Aussehen, aparte Blondheit. Der Wunsch, einen guten Eindruck zu machen. Mutter schickte mich mit Bäckerei zu ihr. Unbeeindruckt verdarb sie mit einem Zweier das Halbjahreszeugnis.

Während des Unterrichts mit dem Amtsbuch herumgeschickt zu werden, war eine Ehre, willkommene Abwechslung. Der Steinboden glatt poliert, seifenglatt, die Gefahr, auszurutschen, wenn man zu schnell unterwegs war. In den leeren Gängen, unter dem Gewölbe des Treppenhauses intensivierte sich der Schulgeruch. Ehe ich anklopfte, wartete ich einen Augenblick, das Ohr an die Tür anlegend, die Lehrerstimme nie ganz ausschließlich zu hören, immer ein Nebengeräusch, die Unruhe der Sitzenden, unterdrücktes Murmeln. Mutters Stimme nicht mehr darunter, sie agierte in der angrenzenden Knabenschule. Am lautesten ging es beim Direktor zu. Wenn die Tür offen stand, hatte er in der gegenüberliegenden Kanzlei zu tun, komplett schwarz möbliert. In der Zweiten, die er jedes Jahr führte, redete ihn einmal eine übermütig und schnippisch mit Vornamen an, einfach so. Zu einem ernsthaft barschen Wort war er außerstande, der Gutmütigste im Lehrkörper der Mädchenschule, täglich zu Scherzen aufgelegt.

Mehr als einmal durfte ich die Lehrerin ins Lehrmittelzimmer begleiten. Beim Betreten wandte ich den Kopf instinktiv in Richtung der Anschauungstafeln, Szenen aus der Märchen-, Tier- und Pflanzenwelt. Daneben eine Anzahl von Tischen, mit der Fläche aufeinandergestellt, zusammengerollte Karten und Tuchtafeln, Meterstäbe, staubiger Geruch. Zwangsläufig schielte ich zu den Präparaten. Die Tiere ausgeblichen, zerfranst, verblaßt, diverse Vögel, eingeschweißte Schmetterlinge mit ausgebreiteten Flügeln. Eine Lage tiefer, spiralig eingerollt, die Schlangen, in hohen, dichtverschlossenen Gläsern, so hingestellt, daß man nur die Wand, die das Glas in zwei Hälften teilte, sehen konnte. Ein anderes Mal das dunkle Zickzackband auf der Rückenmitte.

Der Berg biete Kreuzottern ideale Bedingungen, verlautete ein namhafter Tierforscher im Fernsehen. Die Geröllfelder einerseits, die Vegetation andererseits, nirgendwo sonst in Österreich gäbe es so viele von dieser Art. Er vermittelte den Eindruck, als ob man ihnen auf Schritt und Tritt begegnen müßte, es nur so wimmelte vor lauter Schlangen.

Der Zugang zum Fernseher, den die Eltern angeschafft hatten, um bei der Olympiade in Grenoble life im Wohnzimmer dabeizusein, wurde, wenn sie wochentags am Abend zur Kirchenchorprobe außer Haus mußten, regelmäßig versperrt. Gierig suchten wir nach einem Zweitschlüssel, der große Bruder wühlte in den Schachteln im Werkzeugkeller. Wir probierten alle Schlüssel aus, die im Haus aufzutreiben waren, um das Schloß zu knacken. Vergeblich, das begehrte Gerät blieb außerhalb der Reichweite. Aber der Kühlschrank in der Speis nicht verriegelt, allzeit verfügbar, noch ziemlich neu. Neugierig stellten wir Eis her. Aus Milch, Rahm, Zucker und Vanillepulver, aus zerlassener Kochschokolade, Marmelade und anderen Ingredienzen. Die süße Masse wurde in das für Eiswürfel bestimmte Behältnis gefüllt. Das Ergebnis kaum abzuwarten, meistens noch flüssig verspeist oder halbgefroren, wie immer. Heimliches garantierte Genuß. Alles mußte schnell gehen, damit man sich rechtzeitig aus dem Staub machen konnte.

Die Aufforderung der Lehrerin am Vortag der Untersuchung, frische Unterwäsche anzuziehen. Aus der hintersten Bankreihe erkannte ich, während die Gehilfin des Schularzts ein Auge mit der Hand bedeckte, die links und die rechts schauenden E's, die hinauf- und hinunterschauenden, in jeder Größe. Die Hand zeigte in die richtige Richtung, zum Fenster oder zur Tür, auf den Plafond oder Boden, alles normal. Nach dem Augentest wartete man im Unterleibchen, hielt krampfhaft die Arme vor den Bauch, wie gelähmt, die Schutzimpfung sollte das ganze Leben halten. Das Aufzucken während des Einstichs, man schlurfte zurück zum Platz, den Arm an die Brust pressend, als ob er abfallen könnte.

Gegen Ende der Vierten verreiste die Klasse für drei Tage in die Landeshauptstadt. Die Lehrerin verordnete als Reisekleidung ein Dirndl, bestand auf einer Strumpfhose, obwohl die Mailuft im Süden normalerweise milder. Ein Päckchen Reiseproviant im Rucksack. Das Gefühl, mit Kleidungsstükken behängt zu sein. Ununterbrochen verschob sich etwas, die Schürze in der Taille, die Schürzenbänder, die Bluse unterm engen Oberteil, saß etwas, wie es nicht sitzen sollte. Der untere Teil stand ab wie ein Lampenschirm. In Villach stieg man in den Zug um, manche schon von Heimweh heimgesucht. Die Landschaft, die sich vor dem Fenster veränderte, alles weiter, heller, der gut plazierte Wörthersee, der Aussichtsturm auf dem kogelförmigen Berg, I-Tüpfelchen. Klagenfurt, bekannt durch Verwandtenbesuche, Einkäufe und Kinderaufführungen im Stadttheater, rückte immer näher. Die Straßen von mehrstöckigen Häusern gesäumt, Hausfronten. Man latschte in schöner Zweierreihe. Die Lehrerin zog alle an der Leine ihrer Stimme hinter sich her. Auf dem rechteckigen Platz das in Stein gehauene Wahrzeichen der Stadt, unentbehrliches Untier. Für viele war es das erste Mal, daß sie den Lindwurm zu Gesicht bekamen, sein zorniges Maul, Anspruch auf Alleinherrschaft. Verschwitzt wurde für das Klassenfoto Stellung bezogen. Mein Stehen in der ersten Reihe, wie alle anderen einen Rucksack geschultert, gebirglerisch, ländlich, schlapp, jemand, dessen Herkunft man auf den ersten Blick errät. Die Lehrerin, im korrekten Kostüm, hatte sich über die Aufmachung hinweggesetzt, zwang einen, auch noch zu singen, erst dann ließ sie, auf der Terrasse des in die Höhe gebauten Forumkaufhauses, Rast machen.

Unter den Gleichaltrigen ohne Konkurrenz. In der ersten, zweiten, dritten Klasse, jedes Jahr hatte mir der Direktor am Ende des Schuljahrs beim Jugendsporttag die Siegermedaille an die Brust gesteckt, eine viereckige Plakette, hingegen nur einmal beim Schisporttag, eine mit einem goldenen Schi. In der Vierten endete die Serie. Eine Mitschülerin, gut eineinhalb Jahre älter, eine Sitzenbleiberin, legte los, kraulte auf und davon, schlug mit großem Vorsprung an. Ein außerordentliches Schwimmtalent, eine zukünftige österreichische Meisterin, meine Brustzüge machtlos. Ein wenig aufsteigende Tränen. Alles unfair, ungerecht, die Nadel mit dem Abzeichen wollte ich keine Sekunde an mir behalten. Ich hätte ihr Siegerlachen am liebsten zerkratzt.

★

Ein Wunsch ging in Erfüllung, als ich zur bestandenen Aufnahmsprüfung mit einem Rad belohnt wurde, einem kirschroten *KTM*-Damenfahrrad, Chromstahl, mit allem Zubehör. Speichenschutz, Satteltasche, Klingel, Luftpumpe, Nummernschloß, Ständer, Lichtkreis, den die Lampe in der dämmrigen Garage warf. Die Speichen blitzten, der Sattel so niedrig wie möglich gestellt. Anfangs noch etwas wacklig in den Kurven, aber das gab sich. Alsbald sauste ich das kurze ebene Stück hin und her, Runde um Runde. Daß sich die Bäume verneigten. Der Wind auf der Haut, sirrendes Vergnügen, winddurchweht. Hundertmal, tausendmal an den Einfahrten vorbei, beobachtet von den anständigen, geduckten Häusern, bis zum Einbruch der Dämmerung, bis die Straßenlaternen angingen. Die Kleineren mit dem Roller unterwegs, die Großen freihändig, schlängelten sich mit ausgebreiteten Armen oder geschlossenen Augen zwischen am Boden liegenden Steinen hindurch. Keine Gelegenheit wurde verpaßt, um Geschicklichkeit und Kraft zu messen, um einander zu überbieten. Von der ersten Biegung ging der mittlerweile asphaltierte Weg den Hang hinauf in Kurven über. Um Gewicht auf die Beine zu bringen, trat ich mit aller Kraft halb stehend in die Pedale. Bei jedem Tritt beugte ich den Oberkörper weit nach vorn, die jeweilige Schulter. Langsamer und langsamer werdend, verlangten die Muskeln nach mehr. Das Gefälle zu stark, um bis zur Stelle zu kommen, wo der Weg in die Straße abzweigte. Auch die Freundin schaffte es nicht. Sie begann schneller zu schwitzen, vergleichsweise stark entwickelt, unterm Pullover hoben sich Rundungen ab, sichtlich vorhandener Busen, den sie zu verbergen trachtete, die Schultern nach vorn drückend. Eine Frühreife. Ihr Bruder, der sich bei einem Zusammenstoß einen Schneidezahn ausgeschlagen hatte, tat einmal großspurig, bemüht, die Neugier der anderen anzustacheln, Anstifter. Abwartend und vorsichtig zog er, im Schutz des Gebüschs, ein Päckchen Zigaretten aus dem Hosensack. Plötzlich leichtfertig geworden, klopfte er eine heraus, steckte sie in den Mund. Etwas Verwegenes, Verbotenes. Das Rad zwischen den Oberschenkeln saß er auf dem Sattel, angelehnt an den Zaun, wie ein Hahn auf einem Misthaufen, im Begriff, sich eine anzuzünden. Nichts geschah, keine Kostprobe, er verstaute die Zigaretten wieder.

★

Die Pässe in Ordnung, Vater ließ gleich nach der Grenze volltanken. Zu dritt auf dem Rücksitz, in der Mitte der kleine Bruder, wetzend, sich zwischen die Vordersitze zwängend, während der stundenlangen Fahrt von Untätigkeit bedroht. Wir zählten, eingelullt vom Motorengeräusch, unter den jugoslawischen die österreichischen Kennzeichen, auch die Zahlen auf dem Kilometerzähler, Hochstimmung, wenn der Stand sich aus drei, vier, fünf gleichen Zahlen zusammensetzte, sich ein Eselskarren unter die Autos mischte.

Die Straße schmal wie ein Korridor, hinauf, hinunter, unzählige Krümmungen. Felsblöcke, zerfranste Kalksteine, aus losen Steinen aufgeschichtete Mauern zogen sich über die karstigen Hügel. Dahinter geschützte Gärten, rostbraune Erde. Zypressen, Zypressenhecken, die weitausladenden Äste der Pinien, Bäume in reglosen Gruppen. Das Auto schlängelte sich durch enge Gassen, um Hausecken. Geschlossene Fensterläden, grüne Vorhangtücher, Vordächer aus Schilfgeflecht oder von Weinreben verborgen. Frauen mit Körben an der Straße, Obst anbietend, Kinder sahen dem Wagen nach. Das Meer, tief unten, weit und weglos, eine metallisch glänzende Fläche. Schmale Streifen glitzernden Schaums liefen hinter Motorbooten her. Die Straße umbog geduldig die Buchten der Küste, an einer Stelle führte sie knapp ans Wasser, zum Greifen nah, Salzsümpfe, Salzgärten, flimmerndes Licht. Das Blau des Meers anders als das Blau des Millstätter Sees, die Endlosigkeit des Blaus, ein nie zu sättigender Anblick.

An der Wand des Touristenbüros das Portrait von Tito, Schildkappe, weißes Sakko. Alles machte einen nüchternen Eindruck, wurde von staatlicher Seite geregelt, Privatzimmer immer ohne Frühstück vermittelt. Während sich die Hotelanlagen am Meer befanden, lagen die günstigen Quartiere im

Altbauviertel der Stadt. Hinter rostenden Gitterzäunen villenartige Häuser, das Vornehme in Jahrzehnten verloren, bröckelnder Verputz, klaffende Mauerwunden, Antennennester auf den Dächern, so gut wie keine renovierten Bauten.

Von krummen Steinreihen eingefaßte Wege erinnerten an die ehemalige Anlage, die einmal wie ein kleiner Park ausgesehen haben mußte. Büschel struppigen Grases, Strünke und Ranken, von Palmen beschattet, Nadelhölzern. Blühendes in Blechdosen, Eimern, Kanistern. Die altösterreichische Villa wurde von mehreren Parteien bewohnt, die Zahl der Familien ließ sich an den Briefkästen ablesen, die Vermieter im Erdgeschoß ansäßig.

Dunkel wie ein Brunnen, das saalartige Zimmer nicht sehr einladend, durch die Ritzen der geschlossenen Holzläden flossen schmale Lichtstreifen, die Begeisterung hielt sich in Grenzen. Alles strömte einen modrigen, muffigen Geruch aus, Gemisch von Bodenwachs und Mottengift. Die Möbel alt und schwer, der säulenartige, reich verzierte Kachelofen zog den Blick auf sich. Ein Doppelbett, zwei pritschenähnliche Einzelbetten. Um das dunkle Parkett zu schonen, standen übergroße Filzschlapfen bereit, mit denen man gleichzeitig den Boden polierte.

Das Gemeinschaftsbad morgens regelmäßig überlastet. Der Spiegel mit blinden Flecken übersät, die Badewanne unverkleidet, vergilbter Ölanstrich. Wasser etwas Kostbares, ungenießbar und seltsam im Geschmack, selbst beim Zähneputzen glaubte ich einen Unterschied zu bemerken, eine Art Gummigeschmack. Gurgelndes Würgen in der Leitung, bis kein Tropfen aus dem Hahn kam.

Der Vermieter, ein pensionierter Offizier mit stoppligen Wangen, machte nicht viel Aufhebens, servierte morgens und abends in kurzer Hose und Unterhemd, freute sich, wenn er den richtigen Ausdruck fand, debattierte gern. Er ließ es nicht an Respekt gegenüber Tito fehlen. Von den Einnahmen durch die Verköstigung mußte nichts abgeliefert werden, reiner Gewinn. Die Frau hielt sich zumeist essenvorbereitend, essenkochend in der im Keller ausgebauten Küche auf. Tagein, tagaus in einer ärmellosen Schürze, sie trug sie wie eine eigene Haut. Gestikulierendes Reden, überschwenglich wendete sie sich dem kleinen Bruder zu, *bucko*! Sie gab sich alle erdenkliche Mühe, oft bot sie etwas an, wenn man die Küche betrat. Feigen, die Tag für Tag vor dem Haus geerntet wurden. Kein Verlangen, zu probieren, aber die Ćevapčiči schmeckten sehr, ebenso die abwechslungsreichen Nachspeisen, triefende Kuchen, in Scheiben geschnittene Wassermelonen. Ungetüme von Töpfen standen auf dem Herd, Gasherde erschienen mir als etwas Obskures, Primitives, wie alles einen niedrigeren Standard aufwies, dagegen herrschte zu Hause Luxus. Im improvisierten Eßraum breitete sich über eine Wand ein Fischernetz aus, getrocknete Seesterne, Krabbenpanzer und Muschelschalen.

Der Strand eine gute Viertelstunde von der Stadt entfernt, vollkommen schattenlos, das schmutzige Weiß der Felsen. Mutter geriet täglich ins Schwärmen. Die Sonne setzte alles unter Glanz. Beim Hinuntersteigen suchte man, über glattgeschliffene Steine, rostfarbene Nadeln und entblößte Wurzeln rutschend, nach den besten Stellen zum Auftreten. Im Geäst des sperrigen Gebüschs Papierfetzen, zerknüllte Taschentücher, mit Zeitungspapier zugedeckte Haufen, ein scharfer Geruch nach Exkrementen, vermischt mit dem Harzgeruch der Sträucher. Im Hintergrund der stufenförmig in den Hang gebaute Hotelkomplex, Balkonzimmer, die Meerblick und

Komfort versprachen, etwas Nobleres, zu teuer für eine Familie. Auf der Restaurantterrasse trugen Serviererinnen mit weißen Häubchen und Bedienungsschürzen kleine Speisen und Getränke auf, am Geländer Betonschalen, verdorrte Gewächse. Unterhalb, am Hotelstrand, eine intakte Dusche.

Größtenteils breiteten sich urlaubende Paare auf den Felsplateaus aus. Die weißen, geölten Körper der frischeingetroffenen Urlauber hoben sich kraß von jenen der bereits länger Verweilenden ab. Man ließ sich Tag für Tag auf der annähernd selben Stelle nieder. Unentbehrlich die Luftmatratzen, ebenso der selbstgenähte, sackartige Umhang mit Gummizug um den Hals, Kabinenersatz, Schwitzbad. Mutter brauchte am längsten, wenn sie sich des nassen Zeugs entledigte und in einen trockenen Badeanzug zwängte. Am meisten Schwierigkeiten machte der Wind.

Zwischen den Klippen Vertiefungen, voll von abgestandenem Meerwasser. In den Nischen schlammfarbene Krabben, violettschwarze Seeigel klebten an der feuchten Seite des Felsens, fast an der Oberfläche des Wassers. Wiederholt wurde man beim Hineinsteigen ihr Opfer, abgebrochene Stachelstücke steckten im Fußballen, in der Ferse. Mutter schützte sich mit Badeschuhen. In leicht gebückter Haltung, über die Haare eine Gummikappe gestülpt, stieg sie, sich am Riff mit den Händen festklammernd, auf die ins Wasser vorspringende Felsplatte, betätschelte Arme und Brust, jedes Mal verstrichen Minuten. Durch die vorgeneigte Haltung verschob sich der Ausschnitt des Badeanzugs, blinkte ein Streifen weißer Haut. Schmeichelnde Wellen, schnell geriet sie im Wasser aus der Fassung, ein Spritzer reichte, ein Berühren der Füße, auch wenn ich mich ohne Absichten näherte, war da etwas Argwöhnisches, nie mit dem Kopf unter Wasser. Im Trockenen trug sie einen Strohhut, mochte es nicht, wenn der Wind die Haare durcheinanderbrachte.

Die Augen gewöhnten sich rasch an das Salz, auch im Mund der bitter-salzige Geschmack. Am Nachmittag kein Training. Von Wende zu Wende, Armarbeit, Beinarbeit, alles systematisch geordnet, die Sprünge vom Startblock, die notierten Zeiten, am monotonen Beckengrund gelenkige Muster. Als Schwimmerin stand ich im familiären Rahmen eindeutig im Vordergrund, talentiert besonders im Brustschwimmen. Zu einem Kärntner Meistertitel reichten die Kräfte nicht. Nach jedem 50-m-Sprint die Beine pflasterschwer, die Arme wie Ziegel.

Von Seegras bewachsene Gänge, Höhlen und Gräben, hinter der Taucherbrille Schwärme von Kleinfischen, die größeren solo unterwegs, Seesterne in den Schluchten, Muscheln zwischen den Pflanzen. Der Schnorchel führte mühelos Luft zu, um ein Meereswesen ins Visier zu nehmen, die Flossen, die Schwimmhäute. Der schwebende Körper einer Qualle, gläserne Glocke, flüchtige Fäden ausbreitend. Wurde man gestreift, hinterließen sie einen blutroten Streifen, eine Rötung der Haut ohne Folgen.

Selten zeigte sich das Meer von seiner wilden Seite, trommelnd in den Ohren, tobend, daß Wellenberge die Klippen überschwemmten, Sprühnebel bis zum Liegeplatz hochtrieb. Beim Zurückrollen ein langer Mantel aus Schaum, eine Schleppe. Der Einstieg verlangte mehr als Halbherzigkeit, es kam darauf an, im entscheidenden Moment abzuspringen, während die eine Welle zerschäumte und die nächste herannahte, um nicht überrollt zu werden.

Wellenberge, Wellentäler. Als ich einmal, während Vater und der kleine Bruder bereits gegen die seitlichen und frontalen Schläge ankämpften, die Zehen in den rauhen Stein klammernd, umkreist von Urlaubern, die sich, ebenso wie Mutter und der große Bruder, nicht ins Wasser trauten, zögerte und zögerte und indessen den Moment verpaßte, wurde ich von einem Schwall erfaßt, der den Füßen mit einem Schlag den Halt nahm. Jemand packte, zog mich rechtzeitig heraus. Mit ein paar Abschürfungen davongekommen, kauerte ich in ein Handtuch eingewickelt auf der Luftmatratze, ein Frösteln saß im Nacken, der Schrecken der Brandung. Die Vorwürfe, die sich Vater eingehandelt hatte, wollten nicht verstummen. Nicht auszudenken, wenn.

Eines Tages erblickten wir, vollbeladen mit Badezeug, den als Religionsprofessor tätigen Pfarrer aus einer der Nachbargemeinden. In Hemdsärmeln und mit entblößter Brust stieg er zum Strand hinunter, an seiner Seite eine Frau, eine Unbekannte. Er schenkte uns keinerlei Beachtung, übersah uns geflissentlich, verschwand mit ihr hinter einem Felsvorsprung. Ohne Verdächtigungen zu bemühen, schien die Sache klar. Unvorsichtigkeit konnte man dem Paar nicht vorwerfen, ausgerechnet hier, auf der Südspitze der Halbinsel, einige hundert Kilometer von zu Hause entfernt. Schwimmend, mit Schnorchel und Taucherbrille getarnt, pirschten wir uns bis in unmittelbare Nähe heran, vergewisserten und begnügten uns damit, daß er es, der eben auch ein Pfarrer war, mit einem Pflichtgefühl, dem Wunsch nach Luftveränderung. Daß die Frau eine, die nicht nur am Herd stand, glaubte Mutter nicht. Auch sie bemüht, eine Begegnung zu vermeiden. Am nächsten wie auch an allen folgenden Tagen blieb der Liegeplatz des Paars leer. Die beiden kreuzten nicht mehr auf. Mutter redete von einer Verwechslung, mit Vorwurf und Ergebenheit zugleich, ließ kein enthüllendes Wort fallen, unterdessen suchte sie nach einem Ausweg, als wollte sie dem Pfarrer zu Hilfe kommen.

Bei bewölktem Himmel bot ein Minigolfplatz Abwechslung, die Bahnen von Piniennadeln übersät, von rötlicher Erde vermurt, die Hindernisse leicht beschädigt, zu fünft konnte man mit einem oder zwei Schlägern spielen, ohne daß sich jemand erregte.

Abend für Abend durchschritt man den römischen Triumphbogen im Herzen der Altstadt. Lose, ungleichmäßige Steine pflasterten die Gassen. Dürftige Dekorationen in den Schaufensterauslagen. Junge Männer in Uniform bevölkerten den zentralen Platz, sich um den Zeitungskiosk drängend, Glühbirnen im Geäst der Bäume, scharenweise Matrosen, Soldaten mit einer Zigarette im Mundwinkel.

Gähnend leere Regale im Supermarkt, die Auswahl an Keksen beschränkte sich auf Butterkekse und Schnitten, Marke *Kras*. Ein großes Viereck Käse in der Glasvitrine, ein, zwei Sorten geschmacklos aussehende Wurst, das übliche Weißbrot. Allzeit Fastenzeit in den staatlichen Betrieben. Es dauerte Minuten, bis jemand erschien, ein Gefallen, daß man überhaupt bedient wurde, Mutter und Vater immer wieder baff über die Unmotiviertheit des Personals. Wein und Limonade wurden bei einem empfohlenen, privaten Händler gekauft. Beim Eintreten rasselten Glasperlen, eine Gardine langer Schnüre, der Verkaufsraum grottenartig, umso bemühter der Mann hinter der Budel.

Das Souvenirgeschäft verfügte über ein reichhaltigeres Angebot. Teppiche, Kelims, davon hatte man am meisten, Kupferwaren, türkische Service, Holzgeschnitztes, Buntbesticktes sowie Lederwaren folkloristischer Art. Die Eltern stellten Preisvergleiche an, erwarben nach gewissenhafter, mindestens einmal überschlafener Überlegung ein Mokkaservice, regulär, ein Teppich war am Markt günstiger zu erstehen.

Dreibeinige Hocker um runde Tische, Neonlicht, kahles Interieur, auf dem Ladentisch der Konditorei eine Saftmaschine mit gelbem und orangem Inhalt. Mandelbögen, ein, zwei Mehlspeisen, nicht sehr appetitlich präsentiert. Der Bursche nahm eine Zeitlang keine Notiz, unterhielt sich mit einer Gruppe Einheimischer, füllte eine Reihe von Gläsern ab. Schließlich bestellte Vater nichtsahnend für jeden einen großen Eisbecher. In der Aluminiumschale türmte sich eine Unmenge, erschreckend viel, schätzungsweise, jedenfalls zig Kugeln, und das alles zu einem Spottpreis. Das bonbonfarbene Eis schmeckte nach gefrorenem Brausewasser, blaß und süß, monoton. Unzählige Male hackten die Löffel ins Eis. Alle arbeiteten sich voran, fast überwältigt, der Magen eine Kühltruhe. Am Nachbartisch nahm eine deutsche Urlauberfamilie Platz. Man bestellte große Eisbecher, das Schmunzeln des Burschen blieb uns diesmal nicht verborgen, diebische Freude, und erst recht die verblüfften Gesichter vor den ungeheuren Eisbergen. Mit einer hochgefüllten Tüte in der Hand verließen wir an den folgenden Abenden das Geschäft, unersättlich, der wäßrige Geschmack änderte sich nicht.

Das Licht des Lampenschirms kaum heller als das einer Nachttischlampe, dennoch genug, um bei geöffneten Fenstern zuhauf Gelsen anzulocken, so daß Gesicht und Extremitäten am Morgen von Stichen übersät waren, getüpfelt wie bei einer Kinderkrankheit. Etliche Spuren von Treffern, Vater inspizierte vor dem Zubettgehen täglich die Wände, schleuderte ein zusammengeknäultes Handtuch gegen die hohe Decke. Er stieg auf den Tisch, von da auf einen Sessel, um immer wieder eine letzte zu erwischen. Einmal brach der Sessel entzwei, erregte auch im Nachbarzimmer Aufsehen. Erst nachdem das Licht eine Weile ausgemacht war, öffnete Vater die Fenster.

Manchmal zeitig vor dem Frühstück mit ihm unterwegs. Ich begleitete ihn zum Hafen und zum Markteinkauf, er voller Elan, der Taschenkamm schaute gewohnheitsmäßig aus der Hintertasche der Hose. Feuchte, salzige, nach Teer riechende Luft. Eisenspangen hielten Mauern zusammen. Von Rost zerfressene Gitter, zerbrochene Scheiben, alles einmal in österreichischen Händen. Hinter den langgezogenen Hallen der Werft erhoben sich Kräne, die Aufbauten und Schornsteine der im Bau befindlichen Schiffe. Fetzen von Lappen wiegten sich auf der öligen, schillernden Oberfläche, einzelne Kadaver. Eingerollte Seile und Taue, an der Kaimauer festgemachte Fischkutter. Männer luden ihren Fang in Steigen um, ein Zucken und Zappeln, Wedeln, Schlingern und Schnappen, die toten Fische warfen sie zurück ins Meer.

Unweit des Hafens das römische Theater, das unbedeckte Rund in seiner Ausdehnung. Wir erklommen die steilen, abgestoßenen Stufen der aneinandergefügten Steinblöcke, die letzte Reihe des Amphitheaters. Vater suchte nach neuen Einstellungen für den Fotoapparat. In der Ferne ließ sich die Insel Titos ausmachen, wie in einer Zone außerhalb des Landes liegend.

Das Krachen der Rolläden, das Scheppern der auf die Straße gekippten Eimer. Der Marktplatz vom Nadeldach der Pinien beschattet. Im Rinnstein stauten sich die Abfälle, Fauliges. Vater hob die Trauben hoch, prüfte das Obst, ehe es abgewogen wurde. Bastschuhe hingen von Ästen herab, geflochtene Strohbehälter und Körbe, holzgeschnitzte Pfeifen, Flöten, von denen ich mir eine aussuchen durfte. Er versuchte immer zu handeln, wollte nicht, ohne zu diskutieren, bezahlen, erst zufrieden, wenn er weniger ausgegeben hatte, während ich mich dafür ein wenig genierte. In der Halle Berge von silbrigen Sardinen und anderen Sorten, Muscheln auf zerstoßenem Eis. Von Fischgeruch überschwemmt, beobachteten wir das Geschehen, ohne Kaufabsicht. Die Schläge der Messer auf den Kopf, das Aufschlitzen, das Eindringen der Finger in den Leib, das Geschlinge der Innereien, Blutlacken auf den Tischplatten, abgeschnittene Fischköpfe.

An und für sich unterschieden sich die Urlaube nicht voneinander. Jedes Mal kriegten die Brüder für eine geringe Summe Dinar einen jugoslawischen Schnitt verpaßt, einen ausrasierten Nacken. Fast Jahr für Jahr erwarb man einen Kelim, verstaute Vater das Schmuggelgut unter dem Gepäck. Die Wassermelone legitim, Rosmarinbüschel und Oleandersetzlinge, alles kleine Geschenke, obenauf plaziert, der hausgemachte Eierlikör gewissenhaft eingeklemmt. Beim Abschied pflegte die Vermieterin jedem um den Hals zu fallen. Sommer für Sommer blieb der Ort derselbe, das Quartier wegen der Billigkeit und des gestillten Appetits geschätzt.

Unvergleichlich der Strand, wenn sich die flammende Sonne breit über das Meer legte. Der goldene Widerschein des Wassers, der Himmel pfirsichfarben, der Fels rosaorange. Der Strand nannte sich übersetzt Goldener Fels. Die Sandstrände dagegen chancenlos.

★

Aufstehen um sechs, Abfahrt um dreiviertel sieben. Die Oberstufenschüler besetzten die hinterste Bank, die, durch eine Stufe erhöht, den besten Überblick bot. Die letzten drängten nach, wiesen Wochenkarte oder Monatskarte vor, die Tür faltete sich akkordeonartig zusammen. Die Mitschülerinnen aus der Volksschule fuhren allesamt in die entgegengesetzte Richtung ins Gymnasium.

Dunst auf den Wiesen, knapp über dem Boden, die Straße führte am Seeufer entlang. Ausgestorbene Badestege reichten ins Wasser, Bootanlegestege, in den Orten eine schläfrige Stimmung. Der Kopf lehnte an der Scheibe, graue Striche liefen wie eingetrocknete Tränen hinab, aus dem Stimmengewirr der hinteren Reihen hörte ich die vertraute Stimme des großen Bruders heraus. An jeder Station stiegen weitere Schüler zu. Bei scharfem Bremsen flog alles nach vorn, die Stehenden schwankten im Gang, ließen sich schieben und fallen, hielten sich aneinander fest, belustigt kreischend. Wo der See in den Fluß ausfloß, verengte sich die Gegend, wurde zur Schlucht. Vorspringendes Felsgestein, in der Tiefe Wildwasser. Nach etwa einer Stunde hielt der Bus vollgepfropft an der Endstation am Bahnhof. Ich folgte dem Schülerstrom, eingeschüchtert vom Neuen.

Die Klasse setzte sich aus lauter unbekannten Mädchen zusammen, Auswärtige hauptsächlich, Fahrschülerinnen aus den Tälern ringsum, einige mit Rattenschwänzen, die bis zu den Schultern reichenden Haare über oder hinter den Ohren zusammengebunden. Der Klassenraum im ebenerdigen Trakt, der Klassenvorstand eine Frau. Die Professorin glitt mit dem Stift eine Namensliste entlang, unverhohlen von Beginn an ein gewisser Druck, keine Minute wurde vergeudet. Sie blickte bei jedem Namen auf, meinen erkannte sie augenblicklich wieder, ein, zwei andere auch, deren Väter sie zu ihren ersten Schülern gezählt hatte. Über den Köpfen schwebten die Anweisungen, die Furcht, etwas falsch zu machen.

Fast alles ältere Lehrer, in den Hauptgegenständen wie in den Nebenfächern, stündlicher Wechsel, laufend wurde man beim Nachnamen gerufen. Bald stellte sich heraus, daß sie die anderen übertraf. Ihr Name drängte sich auf, schrieb sich ein.

Mit einer Handtasche in der Armbeuge betrat sie fünfmal in der Woche das Klassenzimmer, Bücher und Mappe in der Hand eingeklemmt. Sie nickte mit dem Kopf, musterte systematisch, maßregelte nachlässiges Stehen, erteilte die Aufforderung zum Niedersetzen, legte ihre Sachen schwungvoll auf die Tischfläche, bezog Stellung hinter dem Katheder, um das Klassenbuch aus der Lade zu holen. Absenzstriche, Vermerke, auf dem Gesicht ein herausfordernder Ausdruck. Ironischer Tonfall zeigte gute Laune an, Zischen schlechte. Heitere Laune nie ganz geheuer, von einem Moment zum anderen wieder ausgelöscht.

Anfangs hob ich die Hand, nutzte jede Gelegenheit, wollte loswerden, was ich mit Vater in den Ferien vorbereitet hatte. Mein Eifer wurde nicht im mindesten geschätzt, im Gegenteil. Wie sie die Aussprache korrigierte, als wollte sie mich strafen, sich rächen für meinen Extrafleiß. Entmutigend fuhr sie dazwischen, mit offener Mißbilligung. Immer wieder diese Verunsicherung, der Zweifel, je ein Wort wunschgemäß aussprechen zu können, blamiert, unterdurchschnittlich, nicht sprachbegabt. An die Sprache war sprechend nicht heranzukommen, doppelter Balken. Die Zuversicht ausgetrieben, von vornherein festgelegt, abgeschrieben. Sobald ich den Mund öffnete, nahm Verunsicherung überhand, das Gefühl des Versagens. Jede weitere Korrektur bekräftigte die Aussichtslosigkeit, die Mißbilligung nicht zu überhören. Stimmhafte und stimmlose Laute. Das Bemühen, ihr nicht in die Quere zu kommen, der Kopf gesenkt, in Deckung. Stummer Fisch, freiwillig meldete ich mich nicht mehr.

Halb sitzend, halb stehend agierte sie von der Tischkante aus. Sobald sie den Notenkalender aufschlug, vor- und zurückblätterte, entstand eine würgende Stille. Ehe der Name fiel, der Familienname, als wäre er ein schlimmes Geräusch. Die Stimme eine Klinge, die schnitt, kalt und unerbittlich. Ich stand vor der gähnenden Leere der Tafel, überführt und entwaffnet. Das Gelernte wie ausgelöscht, entfallen. Nicht wiederzukäuen, nicht auf Knopfdruck abrufbar. Eine verwirrende Leere, gegen die ich nicht ankam, von nirgendwo bot sich Hilfe an. Niemand wagte es. Ich schaute hilflos auf ihre Notizen, um dort die Antwort auf die Frage zu finden. Sie machte raunzend und vorwurfsvoll die Eintragung. Die vor mir verkrallte, wenn die Reihe an sie fiel, die Hände im Rücken, während der Radiergummi in der Faust wimmernde Töne von sich gab. Ängstlich warteten alle, bis das Notenbuch zugeklappt wurde.

Hektische Erregung vor den Schularbeiten. Gleich nach dem Läuten klackte die Tür ins Schloß. Punkt für Punkt diktierte sie das Pensum, was wertvolle, reguläre Zeit verschlang. Ohne Angabe von Gründen fügte sie Änderungen ein. Satz für Satz arbeitete ich mich voran, mit der Angst, nicht fertig zu werden, haufenweise Tücken. Sie marschierte zwischen den Reihen auf und ab, alle über die Hefte gebeugt. Verwarnungen bei Tuscheln und anderen verdächtigen Geräuschen, sie demonstrierte Konsequenz. Die unbeobachteten Momente rar, ihr Blick schweifte unablässig umher, sofort begriff sie jeden Trick, amüsierte sich. Ausnahmsweise entschlüpfte ihr ein Tip, eine Spur mitleidig, hilfsbereit, und die Stimme klang etwas besänftigend, aber keineswegs aufmunternd. Hitze stieg in die Wangen, die Zeit verflog, die Anspannung wuchs. Ich blätterte gehetzt vor und zurück, um die Lücken zu vervollständigen, verharrte unschlüssig, wagte nicht, das Heft im Bankfach hervorzuziehen, setzte die fehlende Vokabel ein, verwarf sie wieder, schubste möglichst unauffällig die Nachbarin. Oft gelang es nicht, alles zu erledigen. Unnachgiebig schrillte die Klingel.

Gelegentlich konnte ich mit einer guten Note aufwarten. Dann kam es vor, daß sie mich mit dem Vornamen anredete, ihre Form der Auszeichnung. Summarisch reichten die Leistungen für den Aufstieg, ihr Leistungsmaß.

★

Die Viertel- und Achtelnoten tanzten auf den Linien auf und ab, die Finger stockten, ich saß stammelnd auf dem Hocker, festgenagelt, ertappt. Unter dem Dach der Volksschule, wo die Klavierlehrerin herrschte. Alles roch nach Putzmittel und Pflicht. Sie nahm mich ins Gebet, forderte das tägliche Spielen, mit dem Wecker. Das unregelmäßige Üben zu wenig, schlug sich bereits bei den Anfängersachen nieder. Nichts vermochte anzuspornen, am wenigsten ihre finstere Miene. Die junge, lichte Vorgängerin mit den toupierten, aufgestockten Haaren, bei der ich mit Flöte anfing, hatte auf meiner Seite gestanden, bis sie nicht mehr aus der Stadt anreisen konnte. Die staubgraue Lehrerin zeigte ungerührt die kalte Schulter. Einmal ließ sie Vater kommen, um ihre Vorwürfe zu offenbaren, mit ärgerlich verzogenem Gesicht und der Androhung, mich hinauszuschmeißen. Ich starrte die Wand an, unter Tränen Besserung versprechend. Der kleine Bruder besaß den Vorteil, daß er gleichmütiger reagierte, angeblich musikalischere Finger. Für eine Stunde üben stellte Vater mehr Taschengeld in Aussicht. Ich rückte am Küchenwecker den Zeiger vor, verkürzte um Minuten, ohne daß er es merkte. Bald war der Vorsatz wieder verebbt.

Der Bösendorfer stand selbstgefällig auf dem Podest. Der Vorspielabend im Rathaussaal ein unvermeidbares Ereignis, ich fürchtete die allgemeine Begutachtung. Auf dem Programmblatt die Reihenfolge der Namen, unversehrt. Ich schnupfte ins Taschentuch, rieb die Hände aneinander, um sie zu wärmen, klopfte mit den Fingerspitzen auf die aufgeschlagene Seite. Die Anfänger als erstes, die Flöten-, die Ziehharmonikaspieler. Je näher der Name rückte, umso mehr Aufregung. Die feuchtkalten Finger rutschten über die Tasten, um Ausdrucksstärke bemüht, die Fehler merkte ich selbst. Der

Bösendorfer rächte sich, als hätte er Nerven. Die Angehörigen klatschten wohlwollend. Der Knicks gelang besser, erlöst stieg ich vom Podium, zugleich beschämt über die Patzer. Auch daheim, wenn man den Verwandten demonstrieren mußte, die nicht einmal mit einem halben Ohr hinhörten. Der kleine Bruder trug mehr Anerkennung davon. Von den Fortgeschrittenen erhielt die Lehrerin zum Schluß, als sie in Pension ging, einen Blumenstrauß.

Der Nachfolger gab sich nachsichtig, jede freie Minute nützte er zum Rauchen. Wenn ich, mit den Notenheften unterm Arm, absichtlich schlendernd, Zeit schindend, eindeutig zu spät erschien, vertrat er sich bei einer Zigarette die Beine. Der Raum erfüllt von erkaltetem Rauch. Der Lehrer scherte sich wenig.

Hin und wieder beugte er sich, um einen Eindruck des Stücks zu vermitteln, auf dem Sessel nach vorn, schickte gelassen die Hände über die Tasten, so nah, daß ich die rauchige Atemluft spürte, oder er ergriff das Armgelenk, korrigierte die Haltung. Der Mund von einem schwarzen Bart umrahmt, etwas Schattiges, Schwieriges. Mit Bleistift notierte er das Datum neben der letzten Notenzeile der zu übenden Passage, manchmal mehrten sich Eintragungen untereinander. Die Tonleitern auf und ab, die Fingerübungen, langweilig wie Geschirrabtrocknen oder Staubsaugen, Teppichfransenbürsten. Eine Pflicht, die nie Gewohnheit wurde, mit dem Ergebnis, daß ich immer weniger übte. Von Klavierstunde zu Klavierstunde verstrichen die Nachmittage, ohne daß die Finger die Tasten berührten. Kurz vor der Stunde setzte ich mich scheinhalber, schlechten Gewissens, ans Klavier im Arbeitszimmer. Ein gebrauchtes, altgedientes, haselnußbraunes Instrument.

Die Aussichtslosigkeit, Fortschritt zu erzielen, wurde offensichtlich. Sonatinen, die über einen langen Zeitraum erarbeiteten ersten Sätze einer Sonate, Anspruchsvolleres erforderte mehr, ein paar Kreuzzeichen oder b's. Ein holperndes, immer wieder stockendes, neu ansetzendes Spiel, verkrampft, nie gleichmäßig, fehlerlos, wohltemperiert, presto, prestissimo.

Wiederholt wurden vom Werkskulturverein am Samstagabend Konzerte veranstaltet. Unfreiwillige Alternative zum Fernsehprogramm, Mutter bestand darauf, mischte sich gern unter Leute. Sie vergewisserte sich, ob die Falten saßen, nestelte an den Krägen herum, prüfte die Fasson, was auch immer, ein Schub angespannte Energie.

Viele der Besucher im Hubertusmantel, Frauen im Persianer, ein Mann mit Krücken. An seiner Hüfte baumelte ein gefaltetes, leeres Hosenbein, auf Kniehöhe eingeschlagen. Die Frauen hoben die Rockschöße, bevor sie sich setzten.

Man hielt große Stücke auf die Manieren, ein Küßdiehand der Söhne, die Knickse der Töchter, das Wohlerzogene entfaltete sich, im Kreis wurde das Lächeln gereicht, distinguiertes Gehabe. Die führende Schicht des Werks, die eine gehobenere Lebensart vertrat, weit vom Schweiß der Arbeiter entfernt, abgehoben von der Mittelschicht, von den Lehrern und Angestellten. Unauffällig zu spüren. Die erkennbare Oberschicht des Ortes, deren Häuser und Gärten von eigens dafür betriebenen Werkstätten kostenlos in Schuß gehalten wurden. Direktorenluxus, Sonderfälle, Fahrer schoffierten Kinder zur Schule. Die Gattinnen wurden mit dem Titel der Männer begrüßt, hartnäckig hielt sich diese Angewohnheit. Darüberhinaus tat man, als wäre man Feinschmecker der Kunst, sättigte sich auch bei Festspielen mit musikalischen Bissen.

Der gekippte Deckel des Flügels glänzte spiegelähnlich. Bisweilen blätterte eine Freundin die Noten um. Sie saß zur Linken des Pianisten, Ergebenheit und Bewunderung, der Blick konzentriert auf die Noten gerichtet, Takt, Taktgefühl, ordentliches Vorankommen, ihr schien es nicht schwerzufallen.

Wir waren Freundinnen geworden, indem wir jeden Tag das Stück Fahrt gemeinsam zurücklegten, sie ging in die nächst höhere Klasse, diktierte im Autobus, wenn mir zum Thema nichts in den Sinn kommen wollte, einen Aufsatz, den ich ins Heft fetzte. Der Rocksaum bewegte sich immer in Höhe der Knie, nie Jeans. Bei geringfügigen Anlässen breitete sich Röte über die Wangen aus. Ihre Familie nahm sonntags geschlossen in der Kirche Platz, miteinander verwachsen, voller Intaktheit, unbefleckt von allen Niederungen. Niemand wendete den Kopf, wie es die anderen praktizierten, wenn jemand zu spät erschien. Ihr Bruder, für den sie Post spielte, schrieb mir den ersten Liebesbrief, als Mitschüler zu jung, zu unreif, der mangelnde Reiz des Gleichaltrigen. Den Taktstock wollte sie in den Händen halten, das Gesicht dem Orchester zugewendet, sie verriet mir ihren Traum, in der Hoffnung.

Eines Abends trat ein namhafter Pianist auf, stattlich, im Frack. Die Finger flogen atemberaubend über die Tasten, ein Wirbeln und Donnern, der Oberkörper bewegte sich auf und nieder, Läufe jagten einander. Die Tastatur angesichts der ausholenden Bewegungen fast zu klein. Alles makellos, die ruhigen Passagen, die gedämpften Akkorde. Manche Besucher saßen höchst würdevoll, wie ausgestopft. Weihevolle Stille zwischen den Stücken, ich wagte kaum den Programmzettel zu entfalten, die Ungeduld wuchs, bis der letzte Ton vor der Pause verklang.

Während des Herumstehens tat eines der Mädchen wichtigtuerisch, als hätte sie etwas Sensationelles zu verkünden, etwas zum Anbeißen, auf dem Gesicht ein wissender Ausdruck. Sie wollte es nicht herausrücken. Im Schutz der Garderobeständer verriet sie schließlich das Geheimnis, daß er andersherum sei. Die Ahnung verdichtete sich zur Gewißheit. Das Beiwort *warm* war nicht zum ersten Mal gefallen. Es stand in keinem Lehrbuch. Weggeblasen die Trübheit, die aufrüttelnde Auskunft erwies sich als abendfüllend, ließ sich nicht so schnell verdauen, wenn ein Mann mit einem Mann.

Im Fortgang des Konzerts flogen in der vordersten Reihe mit Fingern gemachte Zeichen hin und her, atemlos rang etwas vor unterdrücktem Gelächter nach Luft, seine Gestalt von Kopf bis Fuß inspizierend. Nach der Zugabe wagten wir uns ins Künstlerzimmer, erbaten ein Autogramm auf dem Programmzettel. Schräg über den Zettel schrieb er seinen Namen, mit der Geschwindigkeit, wie es Ärzte zu tun pflegen. Nichts Auffälliges, es roch stark nach einem Männerduft, einem durchgeschwitzten Hemd.

*

Anders behandelte sie manche der Burschen, die in der Dritten hinzugestoßen waren, während die Parallelklasse ungemischt blieb. Plötzlich lag etwas wie Bejahung und Zustimmung in ihrer Haltung. Regelrecht überschwenglich stampfte sie mit dem Fuß auf, und der Ausdruck ihres Gesichts bewegte sich zwischen Nachgeben und Festbleiben. Die Professorin war, wenn überhaupt, mit ihnen nachsichtiger als mit den Mädchen. Sichtbarer Flaum, über den Lippen wuchsen Härchen, einige bereits im Stimmbruch, schlaksig, schüchtern, schweigsam oder angeberisch. Mitesser blühten, Pickel, Pusteln, lästige Begleiterscheinungen. Vom Herumdrücken noch mehr entzündet, eitriger.

Immer weniger Stoff um die Beine, die Röcke wurden kürzer und kürzer, endeten auf halber Höhe der Oberschenkel und höher. Hautfarbene Feinstrumpfhosen unter Hotpants, enge Pullover und Pullunder kamen in Mode, gestreift und gerippt, aus Wollresten angefertigt. Ich ließ die Haare wachsen, Haare, die, frisch gewaschen, aus der Stirn wehten, seidig fallend, nach einigen Tagen wieder fettig. Haare, die bis über die Schultern reichten. Alle hatten das gern so. Öfters Komplimente, die die Figur hervorkehrten, Nachbarn, Bekannte, schmeichelnde Stimmen. Etwas daran mißfiel und gefiel mir. Ich merkte genau, wenn mich einer in Augenschein nahm, taxierte. Etwas war in Bewegung geraten. Als gäbe es nichts anderes, es ließ keine Ruhe, stieg zu Kopf, ob in der Pausenhalle, in den Gängen, vor den Lehrsälen oder hinter den zugehängten Gitterverschlägen der Garderobe.

Der erste registrierte nichts. Einer aus der Klasse des großen Bruders, blond und bebrillt, selbst der Name übte Anziehung aus, der rollende Anfangsbuchstabe. Ein Streicheln im Magen- und Beckenraum, ein unbekannter Schauer, ein Gefühl, das alles andere in den Schatten stellte. Davon wußten nur die Bäume, das Wasser oder der Schnee. Zum Greifen nah auf einem Wandertagsfoto. Ich schaute ihn heimlich an, mit hingebungsvoller Ausdauer, am liebsten das Foto in der Schublade versperrt.

Unbeeindruckt von modischen Fragen, kümmerte sich die Professorin weder um Lippenrot noch Brauenschwung, Abwechslung in der Garderobe. Schlecht zugehakte Verschlüsse, leicht verfilzte Pullover, durchscheinende Stellen an den Ellbogen, unter der Achsel dunkle Schatten von Schweiß. Eine Naht klaffte oft tagelang, das Vernachlässigte unzerstörbar. Auch die Schuhe machten keinen Unterschied, wenig Schmuck. Die Mode genereller Grund zur Beanstandung. Sie äußerte Vorbehalte gegen die Miniröcke. Die kürzesten in der Klasse. Kein Pardon, in der Tat ließ Mutter nach einem Elternsprechtag ohne meine Zustimmung sämtliche Röcke verlängern, sofern es möglich war.

Hinter ihrem Rücken wurden flotte Sprüche gekritzelt, im nächsten Augenblick all die Stärke verflogen, keiner muckste auf. Inmitten der pfeildurchschossenen Herzen stach eine Vokabel hervor, deren Sinn sich hartnäckig verborgen hielt. Beschämt über mein Nichtwissen erkundigte ich mich bei niemandem. Das Wort fiel öfters aus dem Mund eines Mitschülers, ich assoziierte *foot*, keine Ahnung.

Für ihn so etwas wie Bewunderung. Der große Bruder legte im Autobus seinen Arm um eine Freundin, die er in der improvisierten Dunkelkammer fixierte. Die porträtierten Freundinnen bewahrte er in einer Schuhschachtel auf. Er malte in Öl, kämpfte in der Basketballmannschaft um den obersten Platz, auf den Listen der Noten, ohne als Streber zu gelten. Erkenntnistrieb, Stachel der Neugier, bei einem Forschungswettbewerb konnte er mit einem Spitzenplatz aufwarten, einem Fernsehauftritt, machte dem Namen der Schule Ehre. Nachmittags drehte er den Schlüssel um, besetzte das Wohnzimmer, jagte hin und her. Sich wie ein unruhiger Tiger produzierend, spielte er die Nummern, die er aus London mitgebracht hatte, mir ein T-Shirt mit Paul McCartney. Das Haar trug er lang wie die Beatles. Single um Single drehte sich auf dem Teller der Stereoanlage, *Lola*, *In the Summertime*, *Hey Jude*, und so fort. Er nahm, soviel er wollte. Die Hände schienen sich einem Himmel entgegenzustrecken, der keinen Anfang und kein Ende, kein Oben und Unten kannte.

Einmal veranstaltete er hinterm Haus eine Party, ich zu jung, um mitzumachen, zu junges Gemüse, traute mich gar nicht zu fragen. Derjenige war auch da, in Rufweite. Vom Klofenster im ersten Stock aus schaute ich unbemerkt auf seinen Kopf, ehe sich die Pärchen zum Tanzen in die Garage verzogen. Das Herz klopfte beim Klang seines Namens. Futter vor dem Einschlafen. Ich malte mir im Kopf alles aus, Blicke, dramatische Berührungen. Ungeküßt. Ungewiß, ob die Zunge im Spiel, wie und ob, die Furcht, der Speichel, die Spucke des anderen.

★

Der Hals im Kragen wie die Schildkröte in ihrem Panzer. Reden vom Taufbekenntnis, von der Vollendung der Taufe im dritten Schritt, der Stärkung durch den Heiligen Geist. Die Sessel halbkreisförmig aufgestellt, er saß mit dem Rücken zu den Fenstern des Pfarrsaals. Gelangweilte Köpfe, die Zuspätkommenden unterbrachen durch das Öffnen der Tür, eine Entschuldigung murmelnd, der Pfarrer reagierte mit scheinbarem Gleichmut.

Von Zeit zu Zeit lud ihn Mutter zum Essen ein, die Hände wurden zum Tischgebet gefaltet, was sonst nicht üblich, höchstpersönlich erschien er zu ihrem Geburtstag, schrieb Ansichtskarten oder zeigte sich am See in dunkler Badehose. Wenn er auflachte, entblößte sich das Zahnfleisch. Eine Seele, die nicht ins Schwimmen geriet.

Die Worte setzte er eindringlich. In all der Bedächtigkeit schickte er prüfende Blicke aus. Ein *Bravo*-Heft ging durch die Hände, plötzlich hatte er Schweiß auf der Stirn. Unglauben, Belustigung, wenn er von gefahrvollen Wegen sprach. Unruhiges Lachen, ein am Körper klebendes Lachen, das keine Rechtfertigung brauchte, von dem man gepackt wurde, mitgerissen, egal, was den Anstoß gab.

Die Jungfrau Maria oder Maria Magdalena, die eine Mutter und Geliebte, die andere eine mit zweifelhaftem Ruf. Die büßende Sünderin, die seine Füße badete, salbte, leckte, diejenige, die sich gnadenlos verliebt hatte, daß kein anderer Mann mehr in Frage kam. Die ihre Schuld unter Tüchern und Röcken verschleierte.

Prüfung und Beichte. Der Passierschein für die Firmung. Auch wenn man sich so unauffällig wie möglich verhielt, kein Entkommen. Die Sünden endgültig begraben. Daß es das letzte Mal sein sollte, ich verstellte mich, so gut ich konnte.

Die Luft frisch, ein kühler Junisonntag. Die spitztürmige Kirche fahnengeschmückt, ein prangendes Schiff, um das sich die Häuser scharten, kleine Boote. Auf den Balkonen Topfblumen, überschwappende, fleischigrote Blüten, rundum Berge, weithin gebuckelt, waldreich, ein wässriger Himmel.

Fast magdalenenhaft, wie die Haare auf die Schultern fielen. Zierliche Absätze, die Spangenschuhe stimmten mit der Farbe der Handtasche überein, elfenbeinfarben. Um den Hals ein schwarzes, doppelt fingerbreites Samtband, das gerade als modisch galt. Weder gewendet noch umgearbeitet, noch schutzlos weiß, ein enggeführter Rock reichte bis zu den Waden, das kurzärmelige Oberteil aus demselben Stoff, die überzogenen Knöpfe, verschlungenes Blumenmuster, das aus der Reihe tanzte. Rot dominierte, Blutrot, Scharlachrot auf hellem Grund. Im krassen Kontrast zur Versammlung der weißen, creme- und pastellfarbenen, nonnenhaften Firmgewänder der anderen Mädchen. Kein Rot, das röter war. Nackte Beine, ich fror, ich fröstelte, als würde das Rot bestraft werden.

Sie ähnelten sich in Größe, Frisur und Figur, das Haar eine Spur heller als das von Mutter, nicht so dunkel getönt. Wenig nachtragendes Verhalten, Bitterkeit. Die Tante übernahm die Firmpatenschaft. Ein willkommener Vorwand, um der Arbeit für ein paar Stunden zu entkommen, Stall und Bäckerei, dem Schwall von Anforderungen, die auf sie niederprasselten, bellende Stimmen. Der breitnackige, breithalsige Onkel saß schnaufend am Tisch, gebieterisch, immenser Bauchumfang. An Werktagen verließ er bald nach Mitternacht das Bett, Teigkugeln und Betrieb gediehen. Die Kusins unersättliche Fans der Austria, die über die Fußballmannschaft der WSG, nachdem diese ein einziges Mal den Aufstieg in die Nationalliga geschafft hatte, den Sieg davontrug. Der KAC der Nabel der Welt, nur Männer in der Familie, Stammhalter. Die Ausrufe wechselten zwischen *Madonna*! und *Leck Buckl*!, je nachdem. Die Stube immer stark frequentiert, Verwandte, Nachbarn, Hilfspersonal. Die Tante rastlos, keiner versäumte es, sich ihrer Gutmütigkeit zu bedienen, ihres abgestumpften Ärgers. Der Fernseher lief auch bei Besuch, zugezogene Vorhänge, man nahm im Halbdämmer des Raums Platz. Aufbrausendes Durcheinanderreden, Türenschlagen, alles roch nach Backstube, sogar der Schweiß. Sie schuftete unablässig, fiel übergangslos von einer Bewegung in die andere. Zwischen Küche, Stube und Ladenraum hin- und hereilend, tischte sie die eigenen Produkte auf, im Überfluß. Üppige Bewirtung, an der ich unbesorgt teilnahm, obschon nicht für einige Ferientage zu überreden, wie die Brüder, alles zu grob, zu laut, schwerverdaulich. Die Tante redete auffallend oft vom Sterben, um den anderen einen Grund zu geben, zu widersprechen. Sie knauserte nur mit sich selbst, steckte jedem aus der Kassa Geld zu, Schwedenbomben, Lutscher, Süßigkeiten aus dem Geschäft. Manchmal wirkte sie zerschlagen, ausgepumpt, erledigt, ganz parterre.

Das Dorf auf den Beinen, man fühlte sich geschmeichelt angesichts des hochstehenden Besuchs. Keine Sendung aus einer anderen Welt, der Himmel behielt sein düsteres Kleid. Schmächtig und von gebeugter Gestalt trat der Bischof in Erscheinung, mit den Zeugen seines Amtes, Mitra und Krummstab, hochmütige Mütze. Gefolgt von Priestern und Ministranten.

Zur eigentlichen Zeremonie stellte man sich nach dem Ende der Messe zu beiden Seiten des Mittelgangs auf. Der Bischof ging die Reihe ab, sprach zu jedem direkt ins Gesicht.

Enge Tuchfühlung. Die Paten legten die rechte Hand auf die Schulter. Der volle Klang des Namens. Die bischöfliche Hand streifte die Wange, zeichnete mit Chrisam das Kreuz auf die Stirn, ein klobiger Siegelring am Finger. Zum Taufnamen addierte sich der Firmname.

Um das Handgelenk die erste Armbanduhr, eine goldene Omega. Kleines, rundes Zifferblatt, schwarzes, schmales Lederband. Aber nichts konnte die Eitelkeit befriedigen, entschädigte für das Handicap. Die Angewohnheit, mit zusammengepreßten Lippen in die Linse zu schauen, ich wußte nicht wohin mit den Zähnen. Die Einbildung, alle sähen nur diese. Der Mund, der das Gesicht durchquert, Mittelpunkt, Blickfang.

Um neunzig Grad verdreht, wie die Zweier im Oberkiefer steckten, Verderber, Verbündete der Entstellung, die Einser um Grade weniger schlimm. Ein klassenfremder Lehrer konnte es sich während einer Supplierstunde einmal nicht verkneifen, amüsierte sich auf meine Kosten, Hasenbiß. Daran kaute ich lang. Einer, der, bevor er eine Schülerin geliebt, geschwängert und geheiratet hatte, bereits deren Mutter Zwillinge angehängt hatte. Die verwandtschaftlichen Verhältnisse mindestens ebenso verquer wie die Zähne.

Wegen der Kompliziertheit fuhr man in die Stadt zu einem privaten Spezialisten. Monatlich wurde die Spange verstellt, die Drahtschlaufen, die Schraube, die den Spalt zwischen den zwei Teilen auseinandertrieb. Das Gestell, das nachts den Gaumen in die Zange nahm, die obere und untere Zahnreihe zusammenschweißend, ruhte tagsüber in einem Zahnputzbecher, wie ein Gebiß. In der Früh war die Mundhöhle manchmal ganz trocken, die Zunge belegt. Ich zog das Ding wie einen Stecker aus der Steckdose. Der Kunststoff verfärbte sich mit der Zeit, verblaßte an den Bißstellen. Als Krönung der Regulierung stellte der Arzt die Bekronung der zwei Quersteher in Aussicht, sobald der Kiefer ausgewachsen wäre.

★

Daß sie nachmittags kam, wie eine Fremde. Die warme Flüssigkeit sickerte die Beine entlang, die Fingerspitzen sahen fast schwarz aus. Unsichtbare Verletzung. Mit dem Blut das Bluten fühlend, was einige in der Klasse schon hatten, das Zeichen des Frauseins, der elementare Unterschied.

Unwohlsein nannte es Mutter, mit dem Beigeschmack des Peinlichen, als ich es ihr widerstrebend beichtete, am liebsten hätte ich es für mich behalten, in einem Gefäß für Vertrautes. Sie besorgte Binden, eine Monatshose. Der Unterleib wie zugepflastert, unablässig verrutschte die Einlage. Beim Sitzen im Autobus, in der Schule stieg ein aufdringlicher Geruch in die Nase, als zöge er immer weitere Kreise, als wäre er im Umkreis zu riechen. Beim zweiten Mal verlangte ich in der Drogerie nach Tampons, um die von den Mitschülerinnen empfohlene handlichere Form zu probieren. Die gerillte Watte nicht dicker als der kleine Finger. Größte Bedenken, daß der hellblaue Faden in der Bauchhöhle verschwinden könnte, das Häutchen zerplatzen. Nach wiederholtem Studium der Anleitung ging das Einführen spielend von der Hand.

Im Spiegel der Psyche im Schlafzimmer verfolgte ich die körperlichen Veränderungen, mit ausgestreckten, mit verschränkten Armen. Die fixe Fläche in der Mitte zwischen zwei drehbaren Seitenteilen flankiert, so daß ich mich rundum mustern konnte, von allen Seiten widergespiegelt. Die Brüste in ungleicher Größe, als Knorpel zu ertasten, eine Brust wollte nicht richtig wachsen, eine Zeitlang Furcht vor einer Mißbildung. In den Achselhöhlen sproß der Flaum, auf der einen Seite ein weißes Nest, lebenslänglicher Makel. Ich schrieb dem Leben eine weitere Ungerechtigkeit zu.

Um den Blick zu erproben und zu kräftigen, in die eigenen Augen blicken. Ganz dicht am Spiegel, um Schwung und

Dichte der Augenbrauen selbst zu bestimmen. Mit der Pinzette faßte ich ein Härchen nach dem anderen. Je länger ich zupfte, desto ungleicher das Ergebnis. Stundenlang schnipselte ich manchmal an den Haaren herum, aus keinem ersichtlichen Grund, nichts anderes zu tun, so mit den gespaltenen Spitzen beschäftigt, konnte nicht aufhören, bis ich mir einen heftigen Ruck gab.

Die tiefen Schubladen der Psyche bargen Ungelüftetes. Briefe in zusammengeschnürten Bündeln, vergilbte Theaterkarten in einem Täschchen, Tagebuchhefte, Hakenkreuzabzeichen, Schleifen, bestickte Lesezeichen, Fotografien aus Mutters Jugendzeit. Dicke, schwarze Zöpfe umrahmten das Gesicht, Mutter im Familienkreis, als die älteste Schwester und die Eltern noch lebten. Mutter unter Menschen, die ich nicht kannte. Mutter auf dem Friedhof, vor dem noch frischen Grab mit dem aufgeworfenen Erdhügel.

Das Grab, das man Jahr für Jahr am Allerheiligentag aufsuchte, drückte sich eng an die Friedhofsmauer, an drei Seiten von einem schmiedeeisernen Gitter umzäunt, mit Nadelzweigen bedeckt, als gälte es die Toten zu wärmen, auf dem Sockel Blumenschmuck. Manchmal alles nebelverhüllt, eine grauschimmernde Landschaft, in die rot- und gelbbelaubte Bäume ein paar Farbflecken streuten. Der süßliche Geruch der Blumen vermischte sich mit dem von Wachs, schwebte dicht über dem Boden. Der rötliche Schein der Grablichter. Zwischen den dekorierten Gräbern stachen die verwahrlosten hervor, windschiefe Steine, Holzkreuze mit Blechschildern. Die Gruft einer adeligen Familie, die Grabplatten in Hochglanz, in die Höhe gebaute Steine, mit Chrysanthementöpfen beladen. Der Friedhof flach, eben, rattenhafte Betriebsamkeit, man tummelte sich zum Empfang für die Toten. Mutters

Aufforderung zu ordentlichem Benehmen. An keinem anderen Tag schüttelte ich so vielen unbekannten Personen die Hand, wie ein Neuankömmling, alles Bekannte aus ihrer Jugendzeit. Vor einem simplen Stein in der Nähe des Familiengrabs stand immer ein einzelner junger Mann, ohne Mantel, zu leicht bekleidet, armselig, er erschien mir als der traurigste, mutterseelenallein.

Aus den eingravierten Namen sprach reine Abwesenheit. Die ovale Porzellanplatte mit dem Foto von Mutters Schwester zugänglicher, um die Schultern eine Pelzstola, etwas Vornehmes. Ein Name mit einem Gesicht. Im Kreis der Namen der Eltern. Namen, die nichts als Steine bezeichneten, erinnerungslos. In der Summe ergaben die Lebensjahre der drei Toten nicht einmal eineinhalb Jahrhunderte. Dunkles Verwandtschaftsband. Namen, deren Gesichter und Gestalten nur im Album entgegentraten.

Im Schatten der Mutter, im Schatten der Mutter der Mutter. Das Haar hinten zusammengenommen. Flache, leicht eingefallene Wangen, die schmalen Lippen welk, mißtrauisch. Um die Augen etwas Düsteres, Müdes, Mattes, etwas Knappes und Verschlossenes, als wären Farbe und Wärme in ihnen versenkt. Das Grau im Inneren tragend, eine Bürde, ein stummes Weinen, eine stumme Bitte vielleicht. Mit Wehmut zu vertauschen, Unschärfe, Distanz. Dagegen erweckt die korpulente Figur des Großvaters Robustheit, das volle, eckige Gesicht, schmaler Nasenrücken, stark ausgebildete Kiefer, aufgezwirbelter Schnurrbart. Er, der mit dem Slowenischen vertraut war im Gegensatz zu ihr, die aus der deutschen Gegend stammte.

Sich nicht nach Belieben erinnern, selten stand ihr der Sinn danach. Wenn ich Mutter von ihrer Jugend erzählen hörte, bezog es sich oft auf ihre BdM-Zeit, das Singen, Marschieren und Fahnenschwenken. Wie sie aufstieg zur Führerin, im Gegensatz zu ihrem Vater, der sich als gläubiger Bauer nicht anstecken ließ. Schon von den illegal abgehaltenen Zusammenkünften unter seinem Dach durfte er nichts mitkriegen. Sie geriet ins Schwärmen über den Arbeitsdienst, das gemeinsam ertragene Heimweh zu Weihnachten, die stundenlangen Fußmärsche, die schwesterliche Verbundenheit. Über den Empfang beim ersten Besuch des Führers, beim zweiten Mal weniger, alle Schulklassen mußten zusammengescheucht werden. Herausragende Augenblicke. Die Begeisterung klang noch im Schweigen mit. Von den englischen Besatzungssoldaten sprach sie dagegen wie von einem Schlag ins Gesicht. Nicht genug damit. Der frühe Tod der Schwester, der Tod des Vaters, der Mutter, bald nach Kriegsende. Kein Licht, das den Spiegel erreichte, das Ineinanderfließen der Farben, das Schweigen. Das Elternhaus randvoll mit Tod.

★

Häuser, an deren Ecken Erker vorsprangen, Türmchen, Dachwölbungen und Mauerstuck, die Stadtbrücke, die angezeichneten Hochwassermarken der Drau, die schon mehrmals, infolge sintflutartiger Regenfälle, Keller und Höhergelegenes überschwemmt hatte, so angeschwollen. Neben einer Handvoll Modehäuser standen einige Boutiquen zur Auswahl. Von Geschäft zu Geschäft eilend, von Kleiderstange zu Kleiderstange, machte ich keine Anstalten, mich zu entscheiden. Ich stand vor dem Spiegel in der Umkleidekabine, unter dem glühenden Licht der Leuchtstoffröhren. Ein zu enges Ärmelloch, überflüssige Knöpfe, die in der Gesäßspalte eingeklemmte Hosennaht, etwas stand ab, etwas drückte, dieses Gefühl, nichts Passendes finden zu können. Innerhalb von Sekunden konnte die Stimmung umschlagen. Mutter unterbrach mich von draußen, lugte durch den Vorhangspalt, bestätigte, während ich mich vor dem größeren Spiegel musterte, Sympathie oder Ablehnung. Die Verkäuferin nahm ein Stück nach dem anderen vom Bügel, hielt sich zurück oder bekräftigte ihren Gefallen, bemühte sich um Entspannung. Auftritte, Abtritte, ich zog dies in Betracht, dann jenes. Mutter rieb den Stoff zwischen den Fingern, suchte nach dem Faden, dem Preisetikett. Besonders angetan von Kostümen und Kombinationen, weil so komplett. Manchmal versuchten beide zusammen, mich zu überzeugen. Etwas Unerbittliches schuf sich Raum, drängte in einen Zustand der Unentschlossenheit. Widerstreben, Widerwillen, kaum auszudrücken, was gefiel und was nicht, die Ratlosigkeit nahm zu, Unsicherheit. Betretenheit, Schweigen, in dem noch nichts entschieden war. Das nächste Geschäft wurde angepeilt, die Straße stadtabwärts oder stadtaufwärts, eine Seitengasse. Mutters Vorwürfe, daß ich beim Hinausgehen nicht grüßen würde, sie bemängelte die

Manieren, mein Auftreten. *Kein Auftreten*, hieß es, wenn sie sich darüber beklagte, Unzufriedenheit, fehlende Fröhlichkeit, nichts gut genug, diese Umstände, wählerisch nicht nur beim Essen, überkompliziert. Wucherte ein Dickicht von Unmut. Unflätiges sprudelte aus dem Mund, zunehmend schroffere Worte. Die Kleiderfrage, der Kleiderstreit. Regelmäßig fuhr ihr Geschmack dazwischen. Ihr Wille, ihre Weise, einen dazu zu bringen, daß man sich fügte, tat, was sie wollte. Die Entscheidung meistens ein Kompromiß. Bei der Kassa machte sie den Rabatt geltend, die Mitgliedschaft beim Lehrerhausverein, beherrschte Geduld. Der flüchtige Reiz, den das Stück auszuüben vermochte, verflog während der Heimfahrt, in der Enge des Tals. Der Zweifel, das Richtige gewählt zu haben, nahm überhand. Steil ansteigende, bewaldete, schattendunkle Hänge, die Ortschaften Äußere Einöde, Innere Einöde, dann eine Klamm. Mutter lenkte den Wagen reserviert um die vorspringenden Felsblöcke. Der Zusammenprall konträrer Energien. Manches zog ich nicht mehr an, manches nur mit Nachdruck, manches ab und zu, die weißen Lackstiefel zum Schnüren nicht ein einziges Mal, hinausgeschmissenes Geld. Ebenso sträubte sich etwas gegen den ersten BH, starre Angelegenheit mit Körbchen, spitze Form, Striemen im Schulterfleisch. Bisweilen konnte ich mich durchsetzen, ging als Siegerin hervor, und alles paßte wie angegossen. Schwereloses Schwingen in den Kniekehlen. Aber etwas häufte sich auf wie schmutzige Wäsche auf der Kellerstiege.

★

Großmutter bezeichnete mich einmal als Teenager, wobei sie das Wort buchstäblich aussprach, eine am Tee Nagende. Die Kleider für das Heraustreten aus den Schürzen nähte sie sich selbst, ein Kostüm, das sie in die Stadt führte. Hin und wieder überraschte sie mit einem Hut. Nie länger als ein paar Tage mit einer Reisegruppe fort gewesen, über die Grenze hinaus, billig mit Altersausweis, um wieder die Treppe zur steilen Wohnung hinaufzusteigen. Sie erzählte gern, was im Preis noch alles inbegriffen.

Mit den zunehmend schütter werdenden Haaren kam sie selbst zurecht, Haare, die nie richtig ergrauten, die sie mit Nadeln und Kämmen zusammenfaßte, aufsteckte. Die gewohnten Handgriffe liefen wie von selbst ab, so hielt sie den Faden, nähte eine Sorge ein oder einen Lichtblick. Das Verhältnis zur Stille geregelt. Das Unabänderliche bedurfte keiner Überlegung. Die Illustrierten lieferten Glanz, das honigsüße Glück der höchsten Kreise, per *Lesezirkel* günstig zu haben, die adeligen Sorgen. Wenn ich darin blätterte, wollte ich immer derselben Fürstentochter ähnlich schauen, Teenagerstar. Sie bohrte in der Ohrmuschel, brockte Reindling in den Kaffee, und erst als er sich vollgesogen hatte, aß sie ihn auf, wohlwohl. Der Stolz auf die Enkelkinder. Sie wartete mit den neuesten Fotos von den Kusinen aus Tirol auf, kramte in den vollgestopften Schubladen der Kredenz, zog Ansichtskarten hervor, Grüße von Schikursen und Ferienaufenthalten, freute sich, als wäre der Geruch von Schnee in der Küche. Ihre Angewohnheit, zu den Zeugnisnoten zu applaudieren, Belohnung zu verteilen.

Den Hühnern setzte sie nicht mehr das Messer an die Gurgel, klaubte keine Mistfäden von den Eiern. Der Hühnerstall leer. Der Himmel, der sie nach unten drückte, wurde von den Händen wieder hochgehoben. Wennmöglich lehnte sie Hilfe ab. Nicht nur Glühbirnen schraubte sie selbst ein. Ein großes Gefühl der Beruhigung, daß Vaters Schwester an einem jähausbrechenden Leiden verstorben war, vor ihr. Nicht der Pflege fremder Hände zu überlassen. Das Wichtigste war getan, vieles in Ordnung gekommen. Der Tod gleichsam eine Versöhnung.

Oft gab Mutter ihr etwas zum Ausbessern, eine diffizile Stopfarbeit, die sie sogleich in Angriff nahm. Großmutter rückte den Sessel, auf dem sie nähte, dicht ans Fenster, um das Tageslicht auszunutzen. Gleichmäßig trat der Fuß das Pedal der *Singer*-Maschine, wie sie das Schwungrad bediente und gleichzeitig das Nähschiffchen, wie sie blindlings den unteren Faden holte, ihn zwischen Steppfuß und Stechplatte hindurchstreifte und den Steppfuß herunterließ. Einen Augenblick innehaltend, nahm sie die Brille ab, hauchte auf die Gläser, rieb sie mit dem Schürzenrand, ehe sie fortsetzte, muntere Augen.

Durch die Näharbeit ließ sich die Pension aufbessern, eine Errungenschaft, für die sie sozialistisch wählte, für sich nahm sie nur das Nötigste in Anspruch. Die Wünsche nicht größer als die Mittel. So bescheiden mit ihrer Schlankheit, dünne Waden. Unterwäsche zu Weihnachten, *Frauengold*, eine Bonbonniere, ein Paar gefütterte Hausschuhe. Kein vorgetäuschter Komfort. Manchmal holte sie Vater mit dem Auto ab, und man unternahm gemeinsam einen Ausflug, eine Muttertagsfahrt. Mons Carantanus, die römischen Ausgrabungen auf dem Magdalensberg, Herzogstuhl, Gurker Dom, mit dem Dampfer über einen See oder zu Fuß auf eine Burg, Ausflugsziele im Überfluß. Am Weihnachtsabend nicht ungern allein, sich selbst genug, dem Alleinsein gewachsen.

Das Telefon, das installiert wurde, blieb eine Art Fremdkörper, ein Notbehelf, sie vermochte sich nicht warmzureden, abgesehen von den nicht mehr verläßlichen Ohren. Sie preßte den Hörer ans Ohr wie ein Kind eine Muschel. Das ferne Rauschen des Meers, wellenförmige Stimmen, möglichst schnell legte sie wieder auf.

An der freien Wand im Vorzimmer hing das Ölgemälde mit einer Tiroler Burg, das der Onkel als Amateurmaler in seiner neuen Heimat am Inn gemalt hatte, ein gutmütiger, für den Betrieb durchs Feuer gehender Bierbrauer. Die Burg beherbergt eine berühmte Orgel, die man im Zug eines Verwandtenbesuchs zu sehen bekam. Vorangegangen war die Fahrt über die Glocknerstraße. Stopp in Heiligenblut, ein Name, der sich ins Ohr legte, der Kirchturm spitzig wie ein Speer, die Himmelsglocke tiefblau. Der höchste Berg, der Gletschermantel, der den Felsleib umhüllt, menschenschlukkende Falten und Spalten. Weiterer Halt auf der Franz-Josefs-Höhe, in seiner Jugendzeit hatte Vater das schmutzigweiße Eisfeld der Pasterze mit dem Rad passiert.

In der Wohnung blieb alles beim alten, bis auf den Fernseher. Platzmangel in der Kredenz, ein Durcheinander, über das sich Mutter erregen konnte, und es hatte den Eindruck, daß sie alles geringschätzig abtat. Der Küchentisch, an dem Vater als Schüler die Hausübungen erledigt, das Fensterbrett, wo er hinter dem Volksempfänger nach dem Sprecher gesucht hatte.

Das Haus, in dem Großmutter wohnte, gehörte nach wie vor zum nachbarlichen Besitz, im Lauf der Zeit geschrumpft, heruntergewirtschaftet, in Reste zerkleinert. Sie nahm Anteil, redete von den Betreibern, als ob sie ein Teil davon wäre, dazugehörte. Bei jedem Besuch wußte sie Neuigkeiten über die Besitzer. Der Name wiederholte sich, der Aufdruck auf den Bierdeckeln, den Biergläsern, in denen sie Saft anbot, Bier, für die Marke eine Menge Bewunderung.

In der Gastwirtschaft mit der angeschlossenen Brauerei hatte sie ihn kennengelernt, als Aushilfe in der Küche. Großvater, Bierbrauer, Biertrinker für zwei oder mehr, durch einen Schlaganfall bettlägrig geworden, den sie Jahre später monatelang pflegen mußte, nicht unterzukriegen.

Auch tagsüber bewahrte sich das Schlafzimmer ein eigentümliches Dunkel. Auf zwei altmodischen Kästen stapelten sich Schachteln und Koffer, abgestandene Zeit, wenig gelüftete Sachen, die Fensterbretter mit Gewächsen ausgestattet, Belebendes, eine Familienfotografie harrte ihrer Bestimmung.

Sitzend in nichtalltäglicher Aufmachung. Sie in einem dunklen Kleid mit hellem Kragen, der Anflug eines Lächelns auf dem Gesicht, er mit großgepunkteter Krawatte, um etliche Jahre älter, von kräftiger Statur, klobige Hände, rundgesichtig, kurzer Oberlippenbart. Dahinter, zwischen den zwei stehenden Söhnen mit den hochgeschorenen Haaren, die Tochter, Vaters Schwester, sie hängt, bei beiden untergehakt, wie ein Gewicht an den Armen, die zusammengeballte Hand drängt sich in den Vordergrund.

Kalte Hände, noch kältere Füße, die Kälte machte ihr zu schaffen, schien sie anzuspringen, immerfort wollene Socken. Großmutter gestattete sich jeden Tag einen Spaziergang, bei tiefhängendem Himmel oder strahlender Abendluft. Die Wege, die Ackerfurchen entlang, aufs Geratewohl über wellige Wiesen und Felder. Der kühle Atem vom Fluß. Auf die Füße konnte sie sich verlassen. Nicht, daß ich sie klagen hörte, jammern. Wohlwollen ins Gesicht geschrieben.

★

Die Familientouren mit dem Alpenverein, keine verlockende Aussicht. Es galt im Morgengrauen aufzustehen, früher als an Schultagen, unfreiwillig, was sonst, aus dem Schlaf gerissen. Im Garten blühten unverdrossen die Blumen der Saison. Manchmal weigerte ich mich in der Früh, aus dem Bett zu steigen, um absichtlich eine Schularbeit zu versäumen, was Vater tolerierte. In der Entschuldigung stand oft Darmverstimmung. Als Gegenleistung ein bißchen Hausarbeit. Bei Familientouren war nicht im entferntesten daran zu denken. Ich mußte mit.

Eine Familie, die als Familie auftritt, Mutter legte größten Wert darauf. Der Anschein des Normalen. Etwas, das immer wiederkehrt, nicht abzutun, abzuwerfen. Die Löcher im Familienglück, die Familienfotos, nie recht, wie man vor sich hinschaute.

In meiner Kinderzeit hatte sich einmal der lokale Fotograf bemüht, um das Familiäre besser ins Bild zu rücken, zu steigern, zu verschönern. Alle frisch vom Frisör, in festlicher Kleidung. Gruppiert um die sitzenden Eltern, rechts außen der große Bruder, an der Seite von Mutter, der kleine im Zentrum, ich neben Vater. Glattgescheitelte Haare, runder, weißer Spitzenkragen, auf der Brust ein gläserner Käfer, wie deplaziert. Die Füße enggestellt, adrett und artig. Kein Hauch machte das Kleid luftiger, blau, marineblau, enzianblau, ultramarin.

Treffpunkt war der Parkplatz vor dem Rathaus oder hinter dem Werkskaufhaus. Lauter bekannte Gesichter, die gute Laune demonstrierten, sich von der besten Seite zeigten, Zurschaustellung von Harmonie. Mit dem Obmann, der am Volant Wildlederhandschuhe zu tragen pflegte, wurde die Route besprochen. Man fuhr in einer Kolonne. Im Herbst oft

Richtung Süden, ins benachbarte Jugoslawien. Müdigkeit, Widerstreben, ich rutschte tief in den Sitz, die Beine angezogen gegen den Vordersitz gestemmt, den Kopf an die Scheibe gelehnt, brachte die Fahrt halb dösend zu. Der Unwillen drehte sich im Kreis, die Knickerbockerhosen, die witterungsbeständigen Rucksäcke, Bergheiterkeit, Familiengestöber. Der Grenzübergang am Paß wirkte in den frühen Morgenstunden leblos, Fetzen beiderseits des Niemandslandes.

Auf den Hängen der Vorberge das Glühen des vielfärbigen Laubs. Mischwald strebte schroff in die Höhe. Das Rotgold der Lärchen, das sich braungelb den Laubwäldern vermischte. Darüber das Weiß der Kalkberge, traten erkennbar die Gipfel hervor, eine Arena aus Felsbergen. Felsburgen, Felswände, die senkrecht hochschossen, Felsstürze. Trog neben Trog, Block neben Block, Schründe und Wände, Geröllhalden, Zacken, Zinken, Grate und Kämme, steinerne Kolosse, eins wie das andere. Zum Wegschmeißen, oder Schönheit, die mich nicht ansprang. Eine Biegung nach der anderen, die geschotterte Straße stieg in Serpentinen an, ab und zu flog ein Kieselstein auf die Windschutzscheibe, kaum Ausweichstellen. Die Autos wirbelten Staub auf.

Über einen gewundenen Steinweg und Geröll Schritt für Schritt aufwärts, die Bäume blieben allmählich zurück. Eine Stunde zu gehen, zwei, geschlagene drei Stunden, bevor man die Sattelmulde erreichte. Ich hielt mich am Schluß auf, wie nicht dazugehörend, ging dort, wo die anderen mich nicht belästigten, stöhnend, fluchend, zum Mitmachen gezwungen. Die Füße traten einen Stein los, der krachend über den Abhang rollte. Wiederholt setzte ich mich auf einen Felsbrocken, ließ den Pullover zu Boden fallen, den Gipfeln rundum zu Füßen, versaute Laune. Ich wußte nicht wohin damit, mit mir, mit der Unlust. Keine Rolltreppen, keine Hände, die mich in einer Sänfte hinauftrugen, bewahrten.

Sisis dunkles Glanzstück, das ich einmal hatte besteigen dürfen, als einziges Mädchen der Besichtigungsgruppe, die der Führer durch die Kaiservilla dirigierte. Im Rahmen eines Pfingstausflugs, den die Eltern unternahmen, um Österreich kennenzulernen. Das namhafte Warenhaus in Graz, dessen Angebot man nur aus dem Katalog kannte. Schlösser, Burgen, Klöster, besondere Leckerbissen, alles reichlich vorhanden. Ich saß in der Sänfte, steif wie Butter oder eine Braut. Umgeben von Knarrlauten. Die Hauptstadt stand noch bevor, auf der Warteliste. An einem Pfingstmontag das erste Mal Wien. Vater parkte das Auto beim Parlament. Hofburg, Hoftafel ohne kaiserliche Familie. Die Kärntner Straße aufgerissen, ausgeweidet, U-Bahn-Bau. Der Name erfüllte mit Genugtuung, die erstrangige Straße nach der Heimat benannt.

★

Ein Sonntag nach dem anderen, alle einander ähnlich, Sonntage, die mit Immergleichem um die Ecke gebracht wurden. Die Kirchenglocken in nächster Nähe, ihr Nachschwingen. Mutter hatte aufgehört, mich zum Besuch der Messe zu überreden. Ihre Aufstehrufe, nachdem sie aus der Kirche zurückgekehrt war, von den Brüdern begleitet. Mein Name wie aus der Ferne, das Schrillen einer Schulglocke. Während des Kakaotrinkens erwärmte sie bereits Öl in der Pfanne, die Rindsuppe brodelte. Sie kühlte, glättete sich die Stirn mit Gurkenschalen, verlangte Mithilfe. Auf der Innenseite der Kastltür der Wochenplan, der die Pflichten regelte, auch die Brüder konnten sich nicht vor dem Geschirr drücken. Keine Frage, daß Vater innerhalb der vier Wände mittat, einmal wöchentlich ergänzt durch eine Bedienerin. Mutters Berufstätigkeit keineswegs selbstverständlich. Kein Zweifel, ich würde Lehrerin werden, in die Fußstapfen treten, kein Beruf für eine Frau praktischer, idealer, von frühauf eingebleut, eingepflanzt. Ich ihr Spiegel, Echo, Doppelgängerin. Ohne Muttermilch, ein paar Tropfen, nie mit der Brust verbunden gewesen. Ihre Erwartung an das Leben. Selbstverdientes Geld. Dazu bedurfte es keines Studiums. Gegen ihren Gesichtspunkt hatte ich nichts einzuwenden. Darüber wurde nie diskutiert. Mutters Drang, allen denselben Beruf einzureden. Der große Bruder machte sich nach Übersee davon, begann an einer der namhaftesten Universitäten zu studieren. Sie nicht im geringsten davon beeindruckt. Skepsis behielt die Oberhand, Sorge, pessimistische Anwandlungen. Dem kleinen Bruder, der mich größenmäßig überholt hatte, legte sie den Hauptschullehrer nahe. Mehrmals täglich trieb sie ihn zum Lernen an, er in Sachen Schule nachlässiger, weniger erfolgsüchtig als der große, außer in sportlichen Dingen. Die

Aufforderungen beim einen Ohr hinein, beim anderen hinaus, auf dem Rasen vor dem Haus nahm er unbehelligt Anlauf, schlug einen für Latein nicht nutzbringenden Salto, das Optimistische in ihm zeigte sich widerständig. Vater hätte sie gern als Direktor gesehen.

Zähflüssige, schleppende Tage, Sonntagnachmittage, trüb und düster, wenn der Himmel von Wolken überzogen war. Der Ort machte sich klein. Schmutziggelber Rauch stieg aus den Schloten. Auch der Himmel konnte stinken. Ein Übermaß an Stille, ein schweres Gewebe, eine Materie von unbekanntem Gewicht breitete sich in jeder Falte des Raums aus. Das Zimmer eine Truhe. Das Muster der Tapeten, Linien, Streifen, die sich verschoben, einander verschlangen. Geschlossene Hefte und Bücher, enge Gefühle im engen Tal. Nichts, was die Wände dehnte, den Horizont der Wünsche, und der Nachmittag glitt ins Endlose, versank im Nebel der Gleichgültigkeit, die Sonntagnachmittagsstille dicht, schwerfällig. Nah und dunkel der Berg, erdrückend und lähmend, so nah, daß man mit dem Kopf anstieß. Das Leben, das immer dort war, wo man nicht war, kleingefaltet, zusammengepreßt. Als träte jeder Tag immerfort von einem Bein aufs andere. Regen, Sonne, Frühling, Sommer, Herbst, Winter, und die Tage glichen sich alle, folgten einander mit mechanischer Gleichmäßigkeit. Die Pünktlichkeit der Stundenpläne, die Unterrichtsstunden gingen weiter, das Aufeinanderfolgen der Wochen. Die Tage wurden länger, nachdem sie immer kürzer geworden waren, wurden kürzer, nachdem sie länger geworden waren. Ein Sieb, durch das die Tage sickerten.

★

Berge nicht wie Schränke, nicht so nah. In der Ferne kalkschimmernde Felszonen, Abstürze und nackte Flanken hinter waldigen Vorbergen, das Ineinander sanfter Wölbungen und harter Kanten, Welle um Welle flutet heran, ebbt im breiten Talbecken aus. Die Berge drücken nicht. Wo man vor größeren Horizonten lebt, in der Schale einer Hügellandschaft, die Luft weicher, milder.

Die Drau hier kein Fluß, sondern ein gestauter See, ein bleifarbener Strich, ein grau schimmerndes Band, reich an Buchten, ungeeignet zum Schwimmen aber. Das Ufer versumpft, umwachsen von Schilf und Gebüsch. Ein Weg schlängelte sich durch Weiden und Felder, endete bei einem Hof, hingestreckt unter Baumkronen.

Fern, alles fern, fern von der Schule, von daheim, keine telefonische Verbindung. Einige Sommer hintereinander brachte ich einen Gutteil der Ferien im Unterland zu, bei der Frau des Kusins. Jede Menge Jugendlichkeit, wie eine ältere Schwester, die Kluft nicht mehr als zehn Jahre. Bei ihrer Hochzeit hatte ich ein Gedicht aufgesagt.

Am Morgen stand frischer Bohnenkaffee auf dem Tisch, das Frühstück dauerte, und Probleme stießen auf ein offenes Ohr. Der Kusin oft einige Tage hintereinander im Dienst, leicht kam Überschwang auf in seiner Abwesenheit. Kräftiges Lachen, daheim wurde wenig gelacht, so vergnügt, so sprühend. Sie zeigte mir Tanzschritte, nahm die Position des Herrn ein, führte mich durch die Küche, zählend zum Takt, bis die Drehungen leichter fielen.

Im Frühstückszimmer türmte sich das benutzte Geschirr, zerbrochene Eierschalen, Marmeladeschüsselchen standen bunt durcheinander, die geplünderten Brotkörbe, die Sommerfrischler bereits unterwegs in Richtung See, verstummt das Gerede, das sich fachkundig gab, ein Haufen Quietschendes.

Mit enormem Tempo erledigte sie die Hausarbeit, mit wirbelnden Fingern, ohne Verdrossenheit zu zeigen, unerschütterlich, täglich mit frischer Kraft, zwischendurch Kind und Säugling versorgend, die Arbeit schien Vergnügen zu bereiten, das Zupacken. Der Rasen kurz geschoren, sie erfüllte jede Erwartung. Exakt nach den Anleitungen im *Brigitte*-Heft entstand ein Rock, zweifärbig und mit zackigem Rand, dazu ein einfarbiger Pullover. Abends öffnete sie hin und wieder eine Flasche Wein, der erste Wein schmeckte, Mittel, das die Stimmung anstieß. Mutter äußerte Bedenken, als sie auf Besuch war, und etwas fiel zurück ins Glas.

Eines Tages erschien spät abends ein bewunderter Parteifreund des Kusins, der Führer des Studentenrings, er blieb für eine Nacht. Am nächsten Morgen hatte er es eilig, von mittlerer Größe, ein Fescher, meinte sie, ein Umschwärmter, der schrägstehende Biß störe nicht. Einer, der öfters bei ihnen zu übernachten pflegte, bevor er selbst zuwanderte. Einmal wäre er über den Balkon eingestiegen, weil er den Schlüssel vergessen. Um von Sprosse zu Sprosse zu klettern. Ein anderes Mal nahm mich der Kusin zu den Bundesjugendschwimmeisterschaften seiner Partei mit. Es hieß immer die *Blauen*, in Opposition zu den *Roten* und *Schwarzen*, daheim war man für Kreisky, Vater eher mehr als weniger. Ich dachte nicht viel dabei, zu nichts eine besondere Meinung, schwamm den gleichaltrigen und älteren Teilnehmerinnen auf und davon, erhielt zwei Pokale, der größere von einem Landtagsabgeordneten gestiftet.

Es gab immer einen Grund, sich in die Sonne zu legen, die Farbe zu steigern. Die Jagd danach, gebräunte Haut der Inbegriff des Schönseins. Auf der Terrasse herrschte um die Mittagszeit eine brütende Stille. Ich schmierte mich von oben bis unten ein, röstend in einem geschützten Winkel, von den Fußsohlen bis zur Schädeldecke eingefaßt von gleichmäßiger Hitze, von der Sonne gebacken. Der Bikini, auf den ich nicht mehr verzichtete, saß knapp. Ich raffte die Dreiecke des Oberteils zusammen. Die wasserfeste Make-Up-Paste machte die Flecken fast unkenntlich, auch wenn niemand in Sicht, trachtete ich, sie zu vertuschen. Unbeobachtet am wohlsten, alleingelassen. Geduldig drehte ich mich vom Rücken auf den Bauch, vom Bauch auf den Rücken, auf gleichmäßige Bestrahlung achtend, kühlte mich zwischendurch mit dem Gartenschlauch ab, zupfte eine Karotte aus der Erde. Der Himmel spannte sich weit, überdachte die Felder, aus dem Kamin eines Gehöfts drang manchmal fast unsichtbar eine feine Rauchwolke, ein bläulicher Rauchfaden.

Räkelten sich Träume, spannen sich fort, ich dachte mich hinein in gewisse Augenblicke, in Begegnungen, sah mich an der Seite eines Stars, Prominenten. Gedacht, gewagt, wie eine halbe Prinzessin oder Siegerin. All die Regungen, das Wimmeln von kleinen, schleichenden Wünschen, leicht Entzündbares. Voller Erwartung, als müsse etwas geschehen, als müsse das jetzt, so oder so, geschehen.

Ein Lehrling aus der Nachbarschaft, der im Haus ein- und ausging, hielt sich gern in meiner Nähe auf. Er versuchte mich zu einer Mopedfahrt zu überreden. Zunächst lehnte ich strikt ab. Ein Verehrer, fast täglich hupte er vor dem Haus, kurzes Geplänkel. Bloße Spielerei und doch nicht. Ein zweiter Anlauf, ein dritter, die Beißkraft seiner Ausdauer. Schließlich tat ich, als zögerte ich. Es dauerte, bis ich auf dem Moped mit dem knatternden Auspuff saß. Er kutschierte mich in den Abend hinein, über staubig aufwirbelnden Schotter holpernd, über gesprungene Furchen lehmiger Erde ruckelnd. Die Abendluft verstärkte den Geruch des Heus, Geruch von Frische und Verwelken zugleich, das sanfte Hügelige der Landschaft, von Leichtigkeit beschwingt. Die Äcker farbige Vierecke, ein Schwall Mistgeruch, sichtversperrendes Korn, die roten Flekken des Mohns. Er hupte vor jeder Kurve oder zum Spaß, ohne die Geschwindigkeit zu verringern, achtete nicht auf Protest. Wind fegte unters Badekleid, die braungebrannten Beine entlang. Etwas sträubte, verspannte sich, aber festhalten mußte ich mich, stemmte die Hände in die Hüftseiten. Der Weg führte in einen flachen Wald. Plötzlich hielt er an, stieg ab, rollte den Kaugummi zwischen den Zähnen. Ich wußte nicht wohin, nicht im klaren, ob und wie und wie und ob. Mit einer schnellen Drehung wandte ich den Kopf zur Seite, sein Mund traf ins Leere, rutschte aus der Verankerung. Aber etwas fühlte sich geschmeichelt. Zerknirschtes Grinsen, er verlor kein Wort darüber.

Eines Tages ein Sommerfest der Partei. Die Frau des Kusins, die das Ganze mitorganisierte, richtete sich im Handumdrehen her. Schwungvoll toupierte sie Strähne für Strähne, drückte den Finger auf die Spraydüse. Mit ein paar Strichen zeichnete sie die Linien nach, bog mit der Wimpernschere die Wimpern auf, Wimperntusche, Puder für die Lider, Parfüm hinters Ohr, perlmuttfarbenes Rosa auf die Lippen, dazu eine Melodie summend.

Mit zunehmender Erregung verfolgte ich die Verwandlung vor dem Spiegel. Das Kleid enganliegend, schulterfrei. Auf dem Stoff breiteten sich knallige Blumen aus, die Spaghettiträger hoben sich von der Haut ab, kupferner Schimmer. Ich fühlte mich fast nackt in dem Kleid. Beweis des Erwachsen-

und Sexyseins. Plateausohlen, die die Füße auf ein Podest stellten. Die Zähne, befreit von der Spange, bekront, eine begradigte Reihe.

Zu den Klängen einer Combo drehten sich die ersten Paare, unter den Sommergästen auch Landburschen, die Landmädchen etwas zeigen wollten. Manche sahen aus, als kämen sie direkt vom Feld, volle, gebräunte Gesichter. Immer mehr Paare drängten sich auf der Tanzfläche, drehende Kreisel.

Tanzend schaute ich an den passablen oder weniger passablen Tänzern vorbei, klebriger Schweiß, kleinere Pannen, bis plötzlich alles in Bewegung geriet. Keiner aus dem Dorf. Er ließ sich an meiner Seite nieder, neuerlich ein Parteifreund des Kusins, extra für den Abend angefahren. Sein Interesse widmete er mir, zweideutig, ironisch. Mit dem Vorsprung der studentischen Erfahrung lenkte er mich über die Tanzfläche, charmant, gewandt. Es drehte sich am besten mit ihm, wie von allein erfolgten die Schritte, die Haare flogen mit, im Takt. Drängende Schenkel, schmeichelnde Bemerkungen, Blicke, die unters Kleid krochen, er schmeckte meine Befangenheit.

Während einer Pause zog er die Zigarettenpackung aus der Jackentasche, klopfte eine heraus. Bis dahin standhaft jedes Mal abgelehnt, in der Familie rauchte niemand, diesmal probierte ich. Rauch in die Luft pustend, paffend, erfreute ich mich an der erwachsenen Geste, am brennenden Geschmack. Der Wein stieg zu Kopf, angenehmer Schwindel. Sie merkte, was im Gang war, zwinkerte und prostete ermutigend zu. Er beugte sich über den Tisch, ergriff die Hand und zog mich, den Arm um die Taille gehakt, erneut zur Tanzfläche. Langsamere Klänge, die Zunge nah am Ohr, immer näher. Ruhiges Licht glomm als stille Ansage darüber, der Rhythmus der

Musik, alles andere schrumpfte zusammen, seifige Klänge. Ein Zittern auf der Stirn, Kehle und Beine in Brand gesetzt, schwimmende Knie, kribbeliges Brennen im Magen, heiß, heißer. Es bedurfte keines Überredens, um nach draußen zu gehen.

Das Gezirpe der Grillen, sommerlich erregte Geschöpfe. Auf einer Bank rutschte man im Gastgarten in die Dunkelheit, von niemandem beobachtet. Lippen öffneten, die Zunge fiel mir in den Mund. Weiches, nachgiebiges, warmes Zucken. Das kann man einfach. Etwas platzte auf wie eine Kapsel, oder was noch übrigblieb von der wohligen Furcht. Die Hände tasteten, wanderten an der Grenze zwischen Stoff und Haut entlang. Unter dem Vorhang der Haare glitten die Finger. Der Mund genügte, mehr interessierte mich nicht. Kein Spaziergang in den nahen Wald, eine Ahnung, daß er auf mehr spekulierte. Von fern die Geräusche der Unterhaltung. Ich tauchte unter und wieder auf, schaukelnd in der Tiefe des Gartens, mit dem verschobenen, verrutschten Kleid, ausgebreitet auf seinen Schenkeln. Alle Gerüche der Erde losgelassen, fast.

Es schienen Minuten und waren Stunden. Weit nach Mitternacht, als die letzten Töne verklangen. Plötzlich hatte er es eilig, schlagartig war die Grenze gezogen, er ging seinen Weg, wie Wasser, das man nicht auffangen kann, verschwand mit dem Auto um die nächste Kurve. Ich blieb im Lichtkegel der Straßenlaterne zurück. Vorbei der Zigarettenrauch, der rauchige Mund, nur anständige Luft. Wühlendes Etwas unter der Brust. Der Geschmack, der zurückgeblieben war, als hätten die Küsse ein sichtbares Zeichen auf den Lippen hinterlassen, als wäre ich, wie sich die Zungen drehten. Schimmerte die Entdeckung, die Gewißheit, ein Zweig, der das Frausein barg.

Etwas, das nicht weniger wurde. Ein Gefühl, das ich wie einen Schatz bei mir trug. Das manchmal ganz für sich allein zu bestehen schien, als sei der Körper nicht mein Körper, sondern der Körper dieses Gefühls, der dieses Gefühl hegte, eigenständiger als ich selbst. Wogen verborgener Spannung, ein Glanz überzog die Dächer der Häuser, die Mauern und Steine, Himmel, Büsche, Blumen.

★

Kühle Sachlichkeit, der Anzug saß tadellos, die Krawatte, alles korrekt, die Schuhe auf Hochglanz geputzt. Mit einem Kopfnicken gab er das Zeichen zum Setzen, ohne eine Miene zu verziehen.

Die vor der Klasse auf schönen Beinen stand, nicht ich war es, die bravouröse Aufsätze schrieb, wußte, wie man die Gedanken aneinanderreihte. Ein Aufsatz ohne Ziel und Standpunkt. Die Sätze unausgereift, dürftig, die Gedanken blieben mitten im Satz stecken. Die Worte flogen nicht zu, die Gabe des Worts.

Bevor die Schularbeitshefte in Empfang genommen wurden, nahm er ein Heft nach dem anderen vom Stapel, blätterte es durch, nach einer bestimmten Stelle suchend, etwas zum Beweis. Er kommentierte die einzelnen Arbeiten, ohne Namen zu nennen. In enger Kurrentschrift notierte er an der Tafel die auffälligsten Fehler. Die Stimme wurde eine Spur fester und härter, trotzdem der Anschein, als dämpfe er sie, in der Unterstufe schärfer. Die silbrig-grauen, glänzenden Haare nach hinten frisiert, zwischendurch strich er mit der Hand hastig darüber, wie etwas wegwischend.

Er ging umher, führte sein Schmunzeln spazieren, blieb stehen, senkte die Blicke in den Ausschnitt, Fühler. Ich warf mit einer mechanischen Bewegung eine Strähne zur Seite, kaute daran oder drehte einen Stift zwischen den Zähnen. Scherzhafte Anspielungen, Schmeicheleien, er hielt die Arme über dem Bauch verschränkt, hob mit einem Ruck das Kinn, räusperte sich. Der Mund zuckte in unregelmäßigen Abständen, und die Lippen verzogen sich, der oberste Hemdknopf.

Etymologien und wahlverwandte Naturen, sein Lieblingsthema, er suhlte sich darin. Redensart, heutige Bedeutung, Ableitung, nach diesem Schema wurden Seiten gefüllt. Der

Lehrstoff lebte davon, jahrein, jahraus, er holte ihn aus der Hosentasche, drehte die Wörter zwischen den Fingern hin und her. Die Zeit strich außen an den Fenstern vorbei, mit der Ruhe einer Kuh, innen war es, als ob sie stehenblieb, der Blick auf die Armbanduhr, die Stunden schleppten sich dahin. Wehte das eben Gesagte abermals heran. Sachen, die ein Gähnen entlockten. Der Geschmack der Langeweile auf der Zunge. Ein Kribbeln und Beißen schlängelte sich durch den Körper, entfaltete sich von innen heraus, die Hände glitten in die Achselhöhlen, ich faßte mich oft selbst an, ohne es zu bemerken, irgendwelchen Gerüchen nachspürend, bis jemand.

Glocken, die Stoffe reißen lassen, Brüste straff wie eine Festung, nicht wie Euter, apfelförmig, birnenförmig, nymphenartig und einladend. Durch den lockeren Fall der T-Shirts wurde der Umriß eher betont als verhüllt. Die Brüste rangierten ganz oben auf der Liste. Eine Liste, die die Mitschüler während der Stunden unverblümt anfertigten, am besten ein Zentimeterband angelegt, um den genauen Umfang zu messen.

Ob Iphigenies Haar so schwarz wie Ebenholz war. Wer die Heimat in den Dreck zieht und die Klassiker. Die Berge verkauft, die Seen verbaut, die Flüsse in Flammen, er roch Unangenehmes, Schrecken, Entsetzen. Die Modernen, alles Schöne zögen sie in den Schmutz, alles machten sie schlecht. Oder zu sehr dem Fleisch verhaftet. Er hegte einen gewissen Respekt, aber schätzen. Hingegen Perkonigs allumfassender und vollendeter Spiegel des Kärntnertums. Er hatte dessen Werk in einer achtbändigen Auswahl herausgegeben, mitsamt einer eigens verfaßten Biographie. Der gepriesene Dichter eine lokale Größe, der er sich verwandt fühlte.

Mutters Deutschlehrer an der Lehrerbildungsanstalt, Deutsch ihr Lieblingsfach, sie eine seiner favorisierten Schülerinnen. An einem Elternsprechtag spielte er ihr gegenüber auf mein Lachen an, Lächeln. Rätselhaft, versunken, verschwiegen, vielleicht aus dem Zeichen der Fische hervorgegangen, oder einem Roman entlaufen.

Dieses Streifen über den Oberarm. Wenn er mich im Stehen prüfte, sah er mich mit tastenden Augen an, nicht weiter als auf Armeslänge entfernt. Er trat näher heran, spannte die Hand um den Arm, für alle sichtbar. Wie um den Worten Nachdruck zu verleihen, legte er sie erneut etwas oberhalb des Ellbogens auf den Arm, nannte mich beim Vornamen, bediente sich der Verkleinerungsform, fand ein schmückendes Beiwort. Etwas Suchendes, das an mir entlangglitt, Augen hinter Brillengläsern, grasende Augen. Auch wenn ich den Blick abwandte, fühlte ich sie auf dem Gesicht. Er, der die Mädchen insgesamt bevorzugt behandelte, hätschelte mich wie eine Rose, Rosine. Die Mitschüler gurrten.

Verse und Monologe, auswendig lernte ich nichts mehr, das ließ er zu, wobei er sich gefiel, und die Hausübungen wurden selten. Nie gewiß, ob er sie einfordern würde oder darüber hinwegsah. Alle Mittel recht, um mich zu drücken. Vorteile und Vergünstigungen, schlüpfrige Sicherheit, fadendünn.

Eine Sonderportion, als Referat schanzte er mir *Iphigenie* zu, um verborgene Eigenschaften aufzuspüren, als wohnten in mir zwei Wesen. Ich ließ mir Zeit, in der Hoffnung, doch noch davon befreit zu werden, schob die Lektüre bis zum allerletzten Tag auf, baute auf seine Nachgiebigkeit. Nicht abzuwenden. Am Schreibtisch hockend, verflogen am Abend zuvor die Stunden. Das zitronengelbe Bändchen ausschnittweise lesend, ohne Zuhilfenahme des Schauspielführers nicht zu verstehen. Nichts herauszufiltern außer dem kompakten Kern, kein weitgreifender Sinn. Geschwafel, ein mühsames Gewächs, das ich zusammenstoppelte, zusammenstümperte, die ganze Nacht in Anspruch nehmend. Kein Auge zugetan. Am Vormittag stand ich hinter dem Katheder, wie auf einer Bühne, mit zwei auf dem Boden versteinerten Füßen, übermüdet, nervös, ziellos. Er setzte sich auf meinen Sessel, richtete sein Augenpaar. Ich verlor mit der Zeit den Faden. Die Seitenangaben der Passagen, die die Mitschüler zwischendurch lasen, stimmten plötzlich nicht mehr überein. Verteilte, verzweigte Rollen. Der eine weiter vorn, die andere weiter hinten. Die Angst, daß er eingreifen, mich unterbrechen könnte. Er gebärdete sich abwartend, ließ das Schlamassel über sich ergehen. Ich schwindelte, hangelte mich durch, konnte ihn bei Laune halten.

★

Die Bücher schick mit Riemen zusammen, italienisch, andere gebrauchten eine Umhängtasche, Schultaschen sollten nicht mehr als solche erkennbar sein, schließlich ging man längst in die Oberstufe. Ein Hang zum Einfärbigen, ganz in Blau, in Schwarz, in Braun, in Rot, Ton in Ton kombiniert, ich achtete auf kleine Variationen, blauäugig, grünäugig, Wimpernklebe, Lippenglanz. Die Gewißheit, daß die Hose eng saß, enger, unten weit und ausgestellt.

In der Fünfminutenpause lehnte man, wenn nicht in aller Eile die Hausübung abgeschrieben oder vervollständigt werden mußte, auf einem Heizkörper am Gang, ebenso in der längeren Zehnuhrpause. Scharenweise zogen Schüler vorbei, die Wanderklassen, die Gestalten des Lehrkörpers, wie in einer Prozession.

Der Latein- und Philosophieprofessor mit vorgebeugtem Oberkörper, wiegendes Gehen, im Unterricht schüttelte er die üblichen Prinzipien großzügig ab, Verachtung für die Schulmeister erkennen lassend. Hausübungen tabu, Schulübungshefte überflüssig, man mußte selbst zurechtkommen. Ein Büchermensch, ein Büchernarr, in die Logik versponnen, der entsprechende Teil des Philosophielehrbuchs stammte von ihm. Zusätzlich hatte er einen Logik-Schieber sowie einen Schieber für lateinische Kasusfunktionen entwickelt. Als er meinen Namen das erste Mal in den Mund genommen hatte, verfiel er in eine Lobrede für den großen Bruder.

Um einiges jünger der erwünschte Geographieprofessor, der bedauerlicherweise nie zu den Klassenlehrern zählte, smart, salopp, attraktive Koteletten. Ein Liebhaber von riskanten Reisen, mit dem Motorrad allein durch die Wüste. Sahara, Afrika, Asien, so und anderswo abenteuerlich unterwegs. Die Routen, die zusammengezählt eine Weltumkreisung ergeben mochten. Wovon man sich in Diavorträgen einen Eindruck verschaffen konnte. Mit Vater per du, ein Bekannter der Familie, bisweilen nahm er mich, wenn er sich im Anschluß an den Unterricht in Richtung Wohnort seiner Eltern aufmachte, im Auto mit.

Die Pausenhalle das Zentrum des Geschehens, Gedränge vor dem Büffet des Schulwarts, am Geländer die Burschen. Eine Zeitlang war es derjenige aus der Klasse des großen Bruders, dann der vom Sommerfest, dann einer aus der nächsthöheren Klasse, der Bruder des Ersterwählten. Brüderliche Gegensätze, gegensätzliche Brüder, disharmonisch, Linkshänder, Rechtshänder, dunkelhaarig, blond. Etwas gehorchte unwissentlich, gelenkt von keiner Erklärung.

Anders athletisch, ich wußte jeden Tag, wann er wo mit seiner Klasse hinwanderte. Wanderklassen waren beständig unterwegs, immer irgendwo anzutreffen, wie zufällig, wie abgepaßt. Ein kurzer Blick, und dann schnell wieder woandershin mit den Augen. Ein gefragter, ein leicht eingebildeter Typ, ein Schönling, die Jeansjacke oft lässig über die Schulter geworfen. Die Sportspalten der *Kleinen Zeitung* informierten über die Erfolge. Sein Nichtumdrehen, sein Desinteresse, offensichtlich gleichgültig, er wußte nichts vom leichten Beben, in das sein Anblick versetzte.

Von Tag zu Tag bis zum nächsten Tag warten, daß sich eine Gelegenheit bot, ihn im Halbdunkel des Gangs, zwischen den Lehrsälen im obersten Stockwerk oder in der Pausenhalle zu erspähen. Sobald ich ihn sah, wartete ich auf sein Verschwinden, um von neuem auf sein Auftauchen zu warten. Weiter warten müssen, immerfort warten, ununterbrochen, auf einen Blick, auf ein Wort, auf. Wenn er einmal nicht kam, vermißte ich etwas.

Nach der letzten Stunde zwängte sich die Schülerhorde rempelnd und stoßend durch das Schultor. Die Mädchen schüttelten das Haar, wenn sie ins Freie traten, die Schülerliebespaare gingen Hand in Hand. Ich trödelte extra, um ihn abzupassen, der vor der Schule stand wie auf einem Gletscher. Weit davon entfernt, daß er mich grüßte, Hoffnungsfaden, ich krallte mich daran fest. Als Einheimischer ging er zu Fuß nach Hause, bog einfach um die Ecke. Man eilte zum Busbahnhof, beschleunigte die Schritte. Die Schnellsten ergatterten einen Sitzplatz. Man hing in der Halteschlaufe, im vollbesetzten Bus, im Gepäcksnetz stauten sich die Schultaschen und Mappen.

Nur die Busfreundin wußte, im Gegenzug verriet sie mir ihren Schwarm, einer aus derselben Klasse. Röte huschte über die Wangen, als hätte sie eine Schwäche aufgedeckt, so verknallt. So etwas wie Gemeinsamkeit im glücklosen Verliebtsein. Täglich wurden Neuigkeiten ausgetauscht, wann wer wen wo, je nachdem. Die Namen unnötig, unerwähnt. Geheimnisse, die ein Leben woben über der Wirklichkeit. Das Unerfüllte, Unterlassene voller Bedeutung.

Sie, die weniger bestätigende Blicke empfing, stellte sich ihre Zukunft als musikalische vor, etwas anderes als immergleicher Gesang. Ihrer Familie ausgeliefert, dem Anschein des Harmonischen, Züchtigen. Sie sollte in Klagenfurt studieren, bei den Großeltern wohnen, nichts anderes kam in Frage.

Die im Bau befindliche Autobahnbrücke wuchs und wuchs, um sich über die waldige Schlucht zu spannen, der Europabrücke Konkurrenz zu machen. Von Station zu Station leerte sich der Bus. Der breite Talboden am See-Ende verschmälerte sich zusehends. Das Werk bot einen gleichbleibend tristen Anblick, staubiger Gruß an der Ortseinfahrt. Aus der Werkseinfahrt eilten die Männer der Frühschicht, mit Taschen unterm Arm bestiegen die Pendler den Bus, Geruch von Schweiß und Öl und Kernseife.

Samstags nach der Schule oder während des Wartens auf den Nachmittagsturnunterricht, den Tanzkurs schlenderte man in ein von Schülern bevölkertes Café. Gieriges Blättern in den Zeitschriften, die für Schönheit warben, ich kaufte regelmäßig die *Freundin*. Man hockte über Bergen von fremder Vorstellung, suchte Halt und Rat, versessen auf die Tips, die Kniffe, die Veränderung versprachen. Stifte, Cremes, die Mitesser wegschminkten, Pickel, Pusteln. Ich probierte einmal Selbstbräunungscreme, um die winterliche Blässe zu vertreiben, sportlicher auszusehen, bronzegesichtig. Man nahm sie in sich auf, Kalorientabellen, Karottentage, Apfeltage, die Torturen des Abnehmens. Fortwährend damit beschäftigt, sein zu wollen und nicht sein zu wollen, was man war.

In ihren Gesichtszügen die eigenen erkennen. Unüberbrückbar scheinende Distanzen trennten vom Schönsein der Fotomodelle, von den wohlproportionierten Nasenlängen, den überlangen Beinen, die sie zum Himmel trugen. Langgliedriges Posieren am Meer, an den Ausläufern von Gletschern, zwischen wogenden Ähren, vor einem Bistro, einer Sehenswürdigkeit, am Rand der Wüste. Lachende Siegerinnen, sich reckende Katzen. Mode für die Freizeit, für den Abend, Mode für die Debütantinnen, ganz in Weiß, lilienweiß, für den ersten Ball.

Der letzte Postbus fuhr gegen halb acht abends, danach einzig die Möglichkeit des Autostoppens. Immer war das Heimkommen für die Auswärtigen ein Problem, oft mußte Vater ins Auto steigen. Der große Bruder stand nicht zur Verfügung, als Tänzer, Beschützer, Behüter, Begleiter.

Auf den seltenen Parties oder Festen des Mittelschülerverbands kam es doch dazu, daß ich, einmal, zweimal. Zuerst, als wäre ich unnahbar, gegen Blicke unempfindlich, ich zierte mich, nicht nur das. Besser als ungeschickt, unerwählt, gemischt, gebündelt. Er war es nicht. Ich hörte meinen Namen aus einem anderen Mund. Schließlich allerhand Schmusen und Knutschen. Am darauffolgenden Schultag tat ich wieder geläufig, halb verunsichert, halb herablassend. Blicke nur für den einen, den Unerreichbaren.

★

Das Verlangen, die Augen zusammenzukneifen. Die Entfernung, aus der Geschriebenes erkennbar war, hatte sich nach und nach verringert. Etwas, das wie trübes Wasser aufgestiegen war, das die Bilder aufweichte und veränderte, dem Berg die Schärfe nahm. Schilder und Hinweistafeln zerflossen hinter der Autobusscheibe, ein fleckenhaftes Vorbeiziehen von Farben. Die Stäbchen und Zäpfchen arbeiteten längst nicht mehr, wie sie arbeiten sollten.

Niemand ahnte etwas davon. Auch nicht die Schulärztin, die übertrieben freundlich lächelte, wenn sie mit süßlicher Stimme die Namen zur alljährlichen Routineuntersuchung aufrief. Wöchentlich holte sie ein paar aus der Klasse, ich drückte mich bis zum Schluß, bis zum Gehtnichtmehr. Als stünde ich vor einer Enthüllung, käme ans Licht, was ich mit allen Mitteln zu verbergen suchte.

Der Finger der Ärztin wanderte auf der Sehtafel auf und ab, selbst die größeren der E's, die sich, in ihren vier möglichen Lagen, auf der Tafel nach unten hin verkleinerten, vermochte ich nicht zu erkennen. Mittels eines Tricks ließ sich der Sehtest dennoch bewältigen. Durch Benützung des durch die Hand abgedeckten Auges, desjenigen, das gerade nicht am Zug war, indem ich durch die Fingerspalte und die Lidspalte hindurchblinzelte, wodurch sich die Konturen der E's schärften. Von der Täuschung bemerkte die Ärztin nichts. Die Farben auf den Farbtafeln hingegen problemlos zu unterscheiden, wie sich die Farbe aus dem Hintergrund löste. Hingegen äußerte sie einmal einen Verdacht bezüglich einer Herzunregelmäßigkeit. Die Angst bahnte sich ihren eigenen Weg. Vor Ärzten geriet ich mindestens ebenso in Panik wie Mutter, die von ihnen wenig hielt, von Krankheiten nichts wissen wollte.

Im Alter von etwa zweieinhalb Jahren soll ich, nach einem vierzehntägigen Operationsaufenthalt, währenddessen sich die Eltern, gut dreißig Kilometer entfernt, auf ärztliches Anraten hin nicht blicken ließen, die Krankenschwester, die sich als Mutters ehemalige Schülerin extra um mich gekümmert hatte, nach Monaten auf der Hauptstraße in Zivil wiedererkannt haben, in völlig anderer Umgebung. Ich hätte augenblicklich zu brüllen begonnen, in die entgegengesetzte Richtung Reißaus genommen, mit der Stimme des Instinkts.

Die Schulärztin schickte mich zum Internisten. Der EKG-Befund in Ordnung, ein Herzfehler ausgeschlossen.

Immer weniger Abstand genügte, und die Dinge zeigten sich durch einen Dunstvorhang, Nebel, der die Augen verschleierte, verschmierte. Zerfließende Ränder, klumpenhafte Gegenstände, unförmige Massen. Das Vertraute wurde vage, dehnte sich aus. Gesichter durch ein Gelee gezogen, entleert, in der Nähe ebenmäßig und glatt, in nächster Nähe hatten sie auch Poren und Pickel.

Nicht mehr als einmal kam es dazu, daß ich, wie unabsichtlich, das bessere Sehen probierte, die Brille einer stark kurzsichtigen Mitschülerin. Schlagartig war die Welt in ungeheure Klarheit getaucht, illuminiert für einen Brillenblick, stechende Schärfe, blitzschnell gab ich das Gestell wieder weg. Sie präsentierte sich eines Tages brillenlos, die Haftschalen brachten ihren Makel spurlos zum Verschwinden.

Die Verstellung funktionierte, mechanisch, ich gehorchte wie eine Mondsüchtige. Der Befehl, so zu tun, als ob.

Diese Angst, als Schwindlerin aufzufliegen, als Lügnerin entblößt zu werden, als Nichtnormale dazustehen, Abnorme. Jemand, der permanent und hartnäckig etwas vormacht, vorspielt. Stolz und Scham, ich schloß mich darin ein, wie in ein

Versteck getrieben. Die Verstellung ließ keine Wahl als ihre Fortführung, unumkehrbar. Eine Last, die fraß und fraß, die Aufrechterhaltung.

Meine Bühne. Mein Drama. Mein Sport.

Alle hinters Licht zu führen, unfreiwillig, unausweichlich.

Wenn das bläuliche Licht des Fernsehers übers Gesicht glitt, lag ich bäuchlings ausgestreckt auf dem Teppich oder kauerte mit angezogenen Knien auf dem Fauteuil. *Onedin-Linie*, *Forsythe-Saga*, *Krieg und Frieden*, *Jason King*, *Der Kommissar*, *Bonanza*, kiloweise Serien, das pralle Leben in all seinen telegenen Facetten, nicht sattzukriegen. Reizvoller als beim mittlerweile abgesetzten *Wünsch dir was*, wo sich das Familiäre zu behaupten hatte, war die Vorstellung, einmal bei Kulenkampff aufzutreten, als allwissende Kandidatin, die angestrahlt auf erhöhtem Sitz, von Dunkelheit und Knistern umgeben, aus dem Effeff alle Fragen beantwortet.

Mutter während des Fernsehens gewohnheitsmäßig mit einer Handarbeit beschäftigt oder Kreuzworträtsel lösend, das Gegenteil von. Vater nebenan, im Arbeitszimmer, bei der Buchführung der Ausgaben, der Erledigung einer Schreibarbeit sitzend, der Vorbereitung einer Berg- oder Schitour, bei einer Lektüre. Sie glaubte nur, was sie sah. Was sie nicht sehen wollte, existierte nicht, behandelte sie wie Luft, Besonderheiten, Probleme. Etwas, das auf die Stimmung drückte. Niemand in der Familie trug eine Brille. Alles normal, fast musterhaft. Nicht weiter auffallend.

Kein Tafelbild, kein Schriftzug, keine einzige Zahl aus der vorletzten Bankreihe lesbar. Die Buchstaben fleckenförmig, tropfenartige Gebilde. Nur unter der Anstrengung der zusammengekniffenen Augen, durch den schmalen Spalt der Lider sowie unter Einbeziehung der Fingerspalte als Sehbehelf,

Sehschlitz schärften sich die Umrisse. Möglichst unauffällig, weder Gesicht noch Bewegungen sollten verraten. Den Großteil des Lehrstoffs eher akustisch denn optisch wahrnehmend. Die Ohren fingen auf, was die Augen nicht mehr. Das Gehör geschärft wie ein Messer. Zwischendurch steckte ich den Kopf ins Heft der Nachbarin. In den eigenen Heften ein Mangel an Übersicht. Es stellte sich heraus, daß es reichte. Keine Mitwisser, eingeweihten Blicke, ich ignorierte die selten geäußerten Mutmaßungen, wich aus, segelte darüber hinweg.

Ich sah mehr, indem ich weniger, oder umgekehrt. Ein Sehen durch ein anderes Sehen ersetzt. Ein Schweben in einem Raum ohne Halt, ohne klare Kenntnis einer Richtung. Eine dünne Eisschicht, auf der ich ging. Eine Meisterin auf diesem Gebiet.

Im Traum schärfere Augen. Wieder und wieder brachen Wege plötzlich ab. Diese Träume wiederholten sich mit kleinen Variationen stets auf die gleiche Weise. Über eine Kante hinaus, einen überhängenden Felsen, einen Rand, über senkrechte Wände, Schneewülste und Lawinenrinnen, ein Fallen und Rutschen, an Spalten vorbei, ein Sinken, ein Suchen nach Halt. Durch einen leeren Raum in einen Abgrund stürzend, oder wie ein Stein über ein endloses Gelände rollend, und mitten im Fall, vor dem Aufprall, dem Aufschlagen erwachend.

Eine Angst ging in eine andere über, blanke Angst, Angstanfälle.

Der Schlund, aus dem sie krochen, immer wieder. Ein Kriechen aus Milchtöpfen und Mauerrissen, Kanalgittern und Ausgüssen, Ärmellöchern und Hosenröhren. Wimmelt die Oberfläche des Sees, lösen sich die Buchstaben voneinander, ringeln sich kleine schwarze Schlangen über die Seite. Fette, wie die Schenkel lang und länger. Schwimmen aus dem Kopf, stechende Augen, aus dem Fenster.

Unentrinnbar, wie Mutter durch das Küchenfenster den großen Bruder, mit einem schlauchartigen Etwas in der Hand, auf das Haus zukommen sieht, und ich, noch ehe sie das Bloße benennt, vom Tisch aufspringe, um ins Badezimmer zu flutschen, taube Glieder, erstarrt. Er, eine Hand auf der Türschnalle, bedrängendnah, sehr nah, ein Fuß, der sich einen Spalt erzwingt, immer größer. Das aufgesperrte Maul, der hin- und herschlagende Schwanz.

★

An Pisten herrschte kein Mangel, die nächstliegende Möglichkeit einige Autominuten entfernt, nicht mehr als ein Katzensprung. Winter- und Sommergeschäft, sanfte Bergrücken, der Waldgürtel von Pisten zerschnitten, Schneisen, sich in Schleifen talwärts windend.

Dächer mit riesigen Flächen, nahezu bis auf den Boden hinabgezogen, vorgezogene, vorspringende Eternitdächer. Geschnitzte, massive Balkone mit Holzbrüstungen besetzten die Fassaden. Das Rustikale ergriff allseits Besitz, überspülte auch den privaten Geschmack. Die Eltern vertrauten einem Experten, als es das neue Wohnzimmer einzurichten galt. Hohle, furnierte Trambalken, Rauhfasertapeten, Mutter stutzte, als sie erkennen mußte, daß sich die Vorhänge in einem Hotel wiederholten. Immer derselbe Gesamteindruck, alles Ton in Ton aufeinander abgestimmt, Gewürzsträußchen und heimelige Anhängsel, Trockenblumensträuße. Dergestalt entfaltete sich der Kurort, sein Ruf, sein Ansehen. Geschmückt wie eine Kuh. Bauern brachten sich als Hoteliers zur Geltung, und die Preise kletterten in die Höhe. Die ganze Umgebung nahm Anteil.

Beherzt beanstandete der Zeichenlehrer den Einheitsstil, der dem Ort sein Bild aufdrückte. Eine Gründlichkeit, mit der er erklärte, die Komposition der Farben, das Spiel von Licht und Schatten, mit größter Umsicht verfahrend, keinen Wert auf realistische Abbildungen legend. Entworfen für überall und nirgends, er kritisierte auch das Hochhaus der Heimatgemeinde, das inmitten der niederen Häuser wie eine Talsperre in den Himmel ragt, ein Bau, der zum Ansehen auffordert und sich gleichzeitig dessen schämt.

Wenn der Himmel ungeniert strahlte, quollen die Parkplätze über, der Straßenrand voll von parkenden Autos, unter den Kennzeichen auch italienische, jugoslawische. Die Frage, wie die Slowenen sich das leisten konnten. An der Talstation eine lange Schlange.

Am Wochenende, an schulfreien Tagen, während des ganzen Winters fuhr man Schi, mit der Saisonkarte um den Hals, ich zog sie aus der Tasche des Anoraks. Der einteilige Schianzug zu weit, Grund, ihn fast ungetragen im Kasten hängen zu lassen, Fehlgriff. Enganliegend mußte alles sein, alles drehte sich um die Ausrüstung, um Zahlen und Marken, wie die anderen gekleidet waren. Die Mütze störend, am besten keine, die Haare flatternd im Wind. Manchmal eine ganze Clique, die Burschen jauchzend und flötend, angriffslustig, fidel auch noch beim Grätschsprung über eine Schanze, wie berauscht, wie wunschlos, der kleine Bruder über die Muggelpiste neben der Liftspur jagend. Ich öfters abseits, auf der regulären Abfahrt. Die vom Fahrtwind tränenden Augen, im sanfteren Gelände fühlte ich mich sicherer. Wenn die Sonne alles schärfer zeichnete.

Mein Zugehörigkeitsgefühl hielt sich in Grenzen, auf dem Geländer vor der Schlepppliftstation oder einem Holzstrunk vor der Einkehrhütte sitzend. Dem jungfräulich unberührten Weiß zugewandt, galoppierten die Gedanken zu einem, der woanders über die Pisten raste, Gedankenspritzer. Das Entschweben in eine andere Welt. Gemeinsame Fahrten mit dem Lift entwerfend, andere Zufälle. Immer wieder dieselben Strophen, dasselbe Lied. Eine Menge Schier und Stöcke steckten paarweise vor der Hütte.

Weiße Unbestimmtheit, ich glitt wie im Schlaf über den Schnee oder mit geschlossenen Augen, als würde ich im Flug Flüsse, Berge und Täler überqueren, oder anders, ohne Absturzgefühle, schwebend über der Kurzsichtigkeit.

Rundum das Gefunkel und Gewimmel der Berge, das Wogen der Nocke, eine Herde riesiger Tiere, langgestreckte Buckel, gewölbte Rücken mit sanften Schwingen, mild geformt, manche mit Höckern und Felskämmen. Mirnock und Wöllaner Nock, Rinsennock und Rosenock, Grünleitennock, Mahlnock, Klomnock, Schiestelnock, Steinnock, Pfannock und wie sie alle heißen, egal. Tief unten zogen sich die Täler durch die Gegend, rauchige Einschnitte, Falten und Rinnen. Glitzerten Seen wie kleine Tafeln. Das ferne Hochgebirge, der Ring der Bergketten, die vereisten Köpfe der Hohen Tauern, pyramidenförmig, hintereinander gestaffelt, in der südlichen Richtung die Kuppen und Türme der Karnischen Alpen, die Zacken und Zinnen der Karawanken, dahinter die Spitzen der Julischen Alpen. Der Horizont der Berge ein weißer Saum, sich hinausziehend ins Unendliche.

Damit niemand die Schirennen verpaßte, stellten die Liftwarte Transistorradios auf, die Stürze und Siegerzeiten meldeten. Einer stach aus der Menge heraus, verblüffte die Schiwelt, bescherte knisternde Stimmung vor jedem Rennen. Aus einem an der sonnigen Südseite des Bergs gelegenen Dorf stammend. Unbekümmert flitzte er in einer Saison von Sieg zu Sieg. Bei den Interviews die Sprache in großer Not, als bräuchten die Worte einen Gehilfen, so dürftig, so stockend. Der Abfahrtskönig versetzte das ganze Land in Erregung, wo er auftauchte, drängten sich Fans, stimmten sich auf den Leitton ein, wollten gleich mit dem Singen beginnen. Nach dem Liebling des Landes nannte sich eine neue Piste, auf der er das erste Mal von sich reden gemacht hatte. Ein spaßiger Typ, sein bäuerliches Gesicht weniger ansprechend.

★

Alles manchmal in einer stumpfen Unbestimmtheit. Der Himmel schmutzfarben, ein schlaffes Zelt. Das Trübe drückte mit seinem ganzen Gewicht, sehr dünn, sehr flach, bewirkte ein Zusammenziehen der Gegend. Eine blinde Milchglashaut über der Oberfläche des Sees, der wie zugefroren aussah, das dunkelgraue Wasser in Ufernähe durchsichtig wie sonst. Selten, daß der ganze See zufror, daß mehr als eine dünne Eisschicht entstand, Uferstreifen öfters. Die matte Ferne, das gegenüberliegende Ufer verschwamm grau hinter grauem Dunst. Die Schwärze der Baumstämme, Silhouetten von Bäumen, der Wald zottelig, das darüberhängende Graubraun der Berge. Dächer und Kirchturmspitzen ragten ins Verschwimmende. Der Horizont eine Barrikade unüberwindlicher Kuppen. Barrieren mit offenen, kalten Augen. Der Berg von Nebelwolken umwickelt, ummauert. Daß die Helligkeit floh. Das sich einfressende Grau, das die Farben auslaugt. Weit weg Geruch und Wind des Flusses, das Lebhafte, der Glanz des Meers, ein Kleid, das die Angst bannt, den Riß im Saum. Es regnete gewöhnlich ohne Wind, manchmal eine Nacht und einen Tag lang, manchmal länger. Einmal so lange, daß in der Umgebung Häuser durch Murenabgänge gleich Kartenhäusern zusammenstürzten. Eine Familie wurde im Schlaf auf einen Schlag dezimiert. Von Evakuierung war die Rede, die Straße nach Spittal wegen Vermurung eine Zeitlang gesperrt. Der Regen hing wie ein Lappen vom Himmel, düster, drohend, schmierig und kalt. Die Bäume tropfend, triefend vor Nässe, klebriges, schlieriges Sickern. Die Wolkendecke immer niedriger, das Enge und Gedrängte verdichtete sich unermeßlich. Ein schwerer Teppich über dem Ort, ein teigiger Polster. Die Nachbardächer unbewegt und bleiern, die Häuser zurückgezogene Türme, die Gegenstände im Zimmer, auf weichen

Teigfüßen der Tisch. Die Zukunft schwebte wie dunstverhangene Luft. Eine Leere, ein Hunger, der durch nichts zu stillen war. Die Wolken blickten hochmütig darüber hinweg. Nachts löste sich der Berg in Dunkelheit auf, alles eins. Eine einzige dunkle Masse, von der Schwärze verschluckt, verschlungen. Am Morgen wieder da, unerschütterlich, unverschiebbar, von Stummheit bedeckt. Das Verschlossene, Verschwiegene behauptete sich wie ein Berg, der nicht bestiegen, nicht überstiegen wurde, die unsagbare Seite, unbestimmt, unleserlich. Das Stumme, das ich mit der Luft einsog. Das Schweigen in mir ein Stück des Schweigens draußen.

★

Keine ordentliche Portion, ich begnügte mich bei Tisch mit kleinen Mengen, wie sehr sich Mutter auch Mühe gab. Manchmal nur einige Bissen, den Rest wies ich empört von mir, Zumutung, Butterschmalz und Kärntner Nudeln. Mutter schnitt sich zusätzlich zur Beilage eine Scheibe Brot ab, kratzte den Rest zusammen, alle Reste. Nichts veranlaßte sie je, weniger zu essen.

Nach dem Abwasch stand das Fenster in der Kochnische offen, damit die Gerüche verflogen. Luftzug, Küchenstille, Hunger, der gestillt werden wollte. In der angrenzenden Speis der Kühlschrank. Hastig schlang ich im Stehen, umgeben von Regalen mit Lebensmitteln, im schützenden Halbdunkel, der Raum eng wie ein Käfig. Wahllos Süßes und Saures, Salami, Speck, Extrawurst, ohne Brot, ohne Zeugen. Ich schlürfte den Saft aus einem offenen Kompottglas, goß wieder Wasser auf die Fruchtstücke. Der Finger drückte auf die Mayonnaisetube, fuhr, magnetisch angezogen, über eine Glasur. Die Brösel und Schnipsel wischte ich mit dem Fuß in eine Ecke, verstaute das Küchenmesser in der Bestecklade, darauf achtend, keine Spuren zu hinterlassen. Schwer lag das Essen im Magen. Am liebsten alles gleich wieder losgeworden, augenblicklich.

Die nichtvorhandenen Fettpolster lauerten im Hinterhalt, übermächtig. Die Panik, daß Fett anschlagen könnte, an Bauch, Oberschenkeln. Der Bauch mußte unbedingt flach bleiben, unbedingt.

Eine Mitschülerin, die hinter mir saß, plädierte für die Kälte als Schlankmacher. Sie bildete sich ein, beim Frieren abzumagern, Fett zu verheizen, im Winter stundenlang auf dem Balkon sitzend. Je frostiger, desto besser. Kot und Kost. Eine Vorliebe für Grünzeug, exakt wie ein Hase. Von meiner Methode verriet ich nichts.

Wirksame, schonende, rezeptlose, in jeder Apotheke erhältliche Abhilfe. Die Frau des Kusins hatte einmal, während sie in einer Schachtel nach einer Arznei kramte, auf ein Döschen hingewiesen, ohne Absicht. Aus Neugier probierte ich, fand sogleich Geschmack daran, konnte bereits nach dem ersten Mal nicht davon lassen. Sonnengelbe, linsengroße Pillen. Eine Garantie gegen. Die Gewißheit, daß es ein sicheres Mittel gab, wirkte aufmunternd, geradezu belebend. Das Essen möglichst schnell wieder aus dem Körper hinauszuschwemmen, hinauszuscheißen, diese rettende Aussicht.

Nagendes Verlangen, der Konsum der *Dulcolax*-Dragees wuchs, als ob die empfohlene Menge eine zu geringe Wirkung ausüben könnte, alsbald schluckte ich das X-fache. Ich versuchte auch Tee, *Bekunis*-Tee, weniger prächtig. Tagtäglich vor dem Schlafengehen holte ich die kleine Dose hinter den Büchern, aus dem Winkel der Schublade oder einem anderen Versteck hervor, kippte die Pillen auf die Handfläche. Ein kleiner Schluck Wasser aus der Leitung. Mit der Zeit kein Wasser mehr. Gekauft mit kleinen entwendeten Summen aus Vaters oder Mutters Brieftasche, wenn das Taschengeld nicht ausreichte, zweimal monatlich die größte Packung.

In der örtlichen Apotheke bediente meistens die Magisterin. Aufatmen, wenn alles reibungslos verlief. Der Berg, der nicht schlanker wurde. Manchmal tat ich, als ob ich das Mittel für die Nachbarin besorgte, verlangte in deren Namen eine Rechnung. Seltsamerweise fragte nie jemand nach, sang- und klanglos händigte man das Erwünschte aus. In der Schulstadt zwei Apotheken zur Auswahl. Darauf bedacht, niemals hintereinander dieselbe zu frequentieren, zweigte ich kurzerhand, wenn ich mit Mitschülerinnen nach der Schule ins Café unterwegs war, ohne die konkrete Absicht zu nennen, ab, stieß dann wieder dazu, nichts weiter. Für eine Erklärung keine Notwendigkeit. Eine Kette von Heimlichkeiten, fortdauernde Verstrickung.

Ein Kollern und Gurren in den Darmschlingen, ein Rumoren und Brodeln, eine Art Reißen plötzlich, als würde die Bauchhöhle von Nadeln kreuz und quer durchstochen, ein überfallsartiger Schmerz. Eine Art Krampf, der vor dem Aufstehen ausbrach. Kurze stechende Schmerzen gegen die Bauchwand, schlanke Pfeile. Ein Druck, dem die Muskeln nur mit äußerster Gewalt standhielten.

Danach ganz leer der Bauch, ganz flach, straff und gespannt, schwerelos und leicht, so leicht. Ein anflugartig euphorisches Gefühl. Die Brote, die Vater zum Frühstück richtete, rührte ich nicht an, höchstens einen Happen, schluckweise Kaffee. Das Klaffen des Magens. Bereitwilligste Hingabe, ich hatte mich im Lauf der Zeit daran gewöhnt, es erfüllte die Tage, die Masse der Tage, gehörte dazu wie.

Ein Haltegriff, ein Geländer.

Daß die Körperwaage stets weniger als das Ideale anzeigte. Merklich weniger wurde es nie, das Aussehen normal, die äußere Fassade. Der Bauch blieb flach, glatt, keine Ecken und Kanten, knochige Magerkeit. Aber das Wissen, die Angst vor Schädigung, bleibenden Schäden. Etwas wuchs schwarz und undurchdringlich, etwas Feindliches, das an mir saugte.

★

Die schutzbietende Welt des Gedruckten. Mit einer Art Heißhunger fraß ich mich durch Romane. Die Buchdeckel zwischen den Fingern, beschützt von den Schalen des aufgeschlagenen Buchs, umarmt vom Licht der Lampe hinterm Kopf, las ich mit Vorliebe im Bett. Die Distanz zwischen Augen und Buch verlangte keine Abschirmung, Augenkneifen. Ein Wegrücken, ein Abrücken. Ich schwamm hinein, und die Gegenwart wurde Nebel, verlor sich in anderen Gewässern. Wirbel der Geschehnisse, Gefühle, am Horizont tauchten rettende Inseln auf. Die Bücher trugen aus dem Zimmer hinaus.

Historische Romane und Biographien, Belletristik, Fortsetzungsromane, in erster Linie der Pfarrbücherei entliehene Lektüre, dicke Wälzer, Anspruchsloses, kaum Nennenswertes. *Es muß nicht immer Kaviar sein*. Der Deutschprofessor vermochte nichts in Bewegung zu setzen. Was zu Hause zur Verfügung stand, war bereits durchforstet. *Clara Schumann*, *Anna Karenina*, die sich türmende Hoffnungslosigkeit, Schmach und Demütigung. Am empfänglichsten für Liebesgeschichten, Gift, eingeimpft wie Pocken.

Love-Story, der Film, zu dem mich Mutter in die örtlichen Parklichtspiele begleitete, kein Gegengift. Die Klavierversion der Filmmelodie spielte ich alsbald auswendig. *Nana*, der mit goldgedruckten Lettern am Rücken versehene Band, wurde im Keller aufgestöbert, ebenso *Das Dekameron*, Sonderausgaben eines Buchklubs. Das Frivole, Laszive, Liederliche nicht gestattet, umso verlockender. Aber das Enggedruckte, die hauchdünnen Seiten.

Mit einigen Mitschülerinnen tauschte man Heftchenromane, wirkliche Schicksale, Fleisch und Blut. Die Augen hungrig verdreht. Die Liebe, die es anscheinend nur auf dem Papier gab, Ladungen, Lieferungen. Da hörten die Bäume nicht auf, in den Himmel zu wachsen, das gute Ende in einem schlechten Roman, Gipfel des Glücks. In den Büchern geschah etwas, im Leben zu wenig.

Diese Angewohnheit, in Trägheit und Träumerei zu verfallen, dieses Gefühl, in einer riesigen Woge zu schwimmen, von der man nicht weiß, wohin sie schlägt. Hinter den geschlossenen Lidern bildeten sich leuchtendere Welten, glänzende Rahmen, blähte sich die Sehnsucht wie ein Geschwür. Etwas, das das Tatsächliche hinwegnahm, das in dem einen den Hunger nach dem anderen lehrte, ohne das sich alles in einem undurchdringlichen Nebel zu verlieren schien. Der Appetit auf die Realität.

Die Flecken auf den Leintüchern, Erwartung, Angst. Rotes Ereignis, röteres. Untrügliche Bestätigung. Nicht auf Rosen gebettet, Rosinen, Last und Drohung der Seligkeit. Einige Mitschülerinnen hatten es bereits hinter sich, diejenigen mit einem festen Freund. Sie erwähnten es nebenher, zugleich mit einer unvergleichbaren Bedeutungsschwere, senkten ihre Stimmen zu einem komplizinnenhaften Flüstern. Eine entschloß sich vor der Matura, mit der Schule abzubrechen, strikt und stolz, Eindruck schindend. Den Umstimmungsversuchen der Professorin schenkte sie keinerlei Gehör. Von einem Älteren den Kopf verdreht, steuerte sie den ehelichen Hafen an, rapid. Die Jungfräulichkeit zwischen den Bergen losgeworden, die neuerrungene Freiheit.

Ganz im Unterschied. Nicht einmal auf die Idee kam ich, einen anderen als den Mutterberuf in Erwägung zu ziehen. Mut, Antrieb, kein Talent war über kurz oder lang zutagegetreten, kein besonderes Interesse. Mutter machte Anstalten, einen Heimplatz in Klagenfurt zu organisieren. Aber etwas lauerte gegen ihren Willen, rebellierte. Ein Widerstand, ein unerbittlicher Drang, als galt es, einem erdrückenden Gewicht zu entkommen, starren und schweren Konturen. Weg, weiter weg als die ungefähr siebzig Kilometer, fort, weiter fort, über mehr als sieben Berge. Nach Klagenfurt wollte ich partout nicht, unter keinen Umständen.

★

Bis zur Farblosigkeit gespannt, ich hielt das Kleid wie einen Vorhang an den Körper, eine Verlegenheit, kein Halt zu finden in irgendeinem Ausdruck. Das Kleid einer Vorgängerin, einer aus der letzten Maturaklasse. Ich beharrte auf kein neues. Etwas wehrte sich gegen das uniformierte Weiß. Mein übliches Ballkleid, das nicht in Frage kam, bot Kontrast, abstrakte Blumen in Rot und Lila auf schwarzem Grund. Leicht abgeändert, die Taille eine Wespentaille, die Puffärmel blieben Puffärmel, polonaisegerecht. Einem Kinderkleid zu schnell entwachsen, so wirkten die Arme, und der Gummizug schnitt ins Fleisch. Verklebte Flügel, das Ärmelloch spannte, etwas klebte an mir wie Tang. Nichts konnte dem Kleid etwas anhaben, die scharfe Kante eines Möbels. Ein Riß, etwas, was darauf hinauslief.

Unwillig willigte ich am Balltag ein, das Haar in Form zu bringen, nicht mehr als schulterlang. Skeptisch gegenüber professionellen Händen, pflegte ich die Spitzen selbst zu schneiden. Mutter, die regelmäßig zum Waschen, Tönen und Legen ging, hatte erfolgreich beharrt. Als der Kopf nach hinten gelegt, der Rücken sich in die Wölbung des Stuhls drückte, ein heißer Strahl das Haar umspülte und Finger das Shampoo verrieben, kam Gleichgültigkeit auf, verlor sich das Mißtrauen vorübergehend. Es sollte nur fülliger machen, erklärte die Frisörin des neuaufgemöbelten Ladens, ein frisiertes Vorbild. Sie drehte in souveräner Manier die Strähnen ein, mitteldicke und dicke Wickler. Halb überrumpelt wartete ich unter der surrenden Haube, ausgeliefert, verdünnt. Nach Entfernung der Lockenwickler bearbeitete sie das viel kürzer wirkende Haar, um es schließlich mit Taft zu fixieren. Ohne zu ahnen, was sie anrichtete, so gekünstelt, so pickig. Ein Helm auf dem Kopf, eine Perücke, eine Beleidigung. Sehr zur

Freude, Mutter nickte zustimmend. Die Wut hüpfte, und der Nachmittag zersprang. Fluchtartig verließ ich das Geschäft, wie ein verletzter Vogel, grußlos. Durch die vorwinterliche Eintönigkeit des Samstagnachmittags stürmte ich mit der idiotischen Frisur nach Hause.

Unbeirrt schloß ich mich im Badezimmer ein, bürstete die Haare über das Gesicht, seitwärts. Die Bürste grub sich in die Masse, ich bürstete bis zur Erschöpfung, striegelte, bis sich das Verfilzte löste. Die Bürste klebte von Festiger und Spray. Überall Haare, im Waschbecken, auf dem Boden, ich warf sie büschelweise ins Klo, ließ die Wanne vollaufen. Die Dunstwolke verdichtete sich, eine warme Welt schloß sich um den Körper, Dampfschwaden. Ich schäumte den Kopf ein, beseitigte die letzten Spuren des Malheurs, wusch die Wut heraus, alles schien sich wohlig aufzulösen. Zu spüren eine leichte Welle von Zärtlichkeit für mich selbst. Anschließend trocknete ich die Haare mit dem Fön, zog den Scheitel an gewohnter Stelle. Fast schulterlang war wieder, was sich vorher, auf Kinnhöhe, leicht toupiert nach innen rollte. Die Kämpfe verliefen immer ähnlich. Mutter dampfte, schnaubte, beruhigte sich. Vater zurückhaltend, sich zurückziehend.

Hell und durchschreitbar die Nacht. Das Städtchen schwamm in seiner eigenen Schminke. Schloß und Schloßpark, Stämme wie Säulen, etwas Herrschaftliches, das Renaissanceschloß angeblich das schönste nördlich der Alpen, Wohnstätte einer spukenden Gräfin. Über dem von zwei Säulen flankierten Portal das filigrane Relief mit dem Wappen der Familie Porcia. Die üppig erleuchteten Festsäle im ersten Stockwerk, Säulen und Sockel, die Bogengänge im Innenhof, alles in festlicher Aufmachung. An einer dünnen, fast unsichtbaren Kette trug ich ein Kreuz aus Granatsteinen, Duft am

Ohrläppchen, auf dem Mund ein mit ungeübter Hand gezogener Strich. Das Klacken der Absätze, zart klingende Kastagnetten. Unterm Saum sahen die silbernen Schuhspitzen hervor. Beim Hinaufgehen hob ich das Kleid hoch, hielt die Weite zurück.

Woran es fehlte oder auch nicht, manche wie zu frühe Bräute. Kleider wie ein Gedicht, ein Gerüst, eine Wolke, ein Regen. Behandschuht bis zum Handgelenk, bis zum Ellbogen oder bis auf halbe Höhe des Oberarms, knapp bis unter die Impfnarbe. Mit Gefallen betrachteten einige ihr Aussehen, keck, kokett, sich auf Absätzen drehend, noch ein letzter prüfender Blick in den Taschenspiegel, bloß kein Lippenrot auf den Zähnen. Das Haar mit Nadeln kunstvoll aufgesteckt zur lockenschweren Pracht, oder der Scheitel in der Mitte gezogen, das Haar glattgekämmt, schlicht und schmal. Anständig und aufreizend, auf die ideale Dosierung kam es an. In den Augen der Glanz der Erwartung.

Flatternde Gesten, ein Zwitschern und Schwirren, auf dem Aufgang, unter Arkaden und Anspannung, sammelte man sich, nach Geschlecht getrennt, für das Gruppenfoto. So gesichtslos in der Menge. Die Schar der Tänzerinnen, der Mitschülerinnen, der Mädchen aus der Parallelklasse. Ein weißer Schwarm, Schaum. Entblößte, fröstelnde Schultern, weite und geschlossene Ausschnitte, Brüste saßen in gespannter Rundung, und Nackenlinien entfalteten sich. Ein Schultertuch verdeckte die Puffärmel, das Kleid blieb blaß wie nasse Seide.

In aufgeregtem Hin und Her wartete man auf die Aufstellung zur Polonaise. Ich stand mit meinem Partner im vorderen Drittel, brachte keinerlei Interesse für ihn auf, zugewiesen und von vornherein abgewiesen. Zurückgewiesen auch der Name.

Der Blick ging über seine Schultern, konzentrierte sich auf einen anderen, von dem ich annahm, daß.

Hoch oben Stuck und Kassettendecken, unten das spiegelnde Parkett. Der Tanzlehrer zog, sobald es ernst wurde, die Augenbrauen hoch, schickte sich fuchtelnd an zu kommandieren. Seine Handbewegung wie ein das Zeichen zum Einsatz gebender Taktstock eines Dirigenten. Vorgestreckte Hälse, als die Paare in den Hauptsaal einzogen, die Zuschauer drängten sich neugierig entlang der Wände. Die Paare schritten geradeaus, teilten sich auf, kamen wieder zusammen. Einstudierte Figuren, die den Raum füllten, dirigiert vom Tanzlehrer in weißen Handschuhen. Das Blumensträußchen hielt sich wie ein Fächer. Ohne Unterlaß blitzte es aus mehreren Richtungen. Nach Abschreitung der Positionen sank ich mit den anderen Tänzerinnen in einen tiefen Knicks, die Partner verbeugten sich, zugleich befreiend und lösend wechselte man in die Walzerhaltung. Die Kleider begannen zu fließen, das Weiß leistete keinen Widerstand.

Bisweilen auch nur herumgeschoben, im Gedränge zum Stehen kommend, dann wieder ein energischer Ruck, ein Stoß von der Seite, ein Tritt auf die Zehen. Ein schneller Mutterblick, etwas, das Energie abzog. Unruhige Blicke, blinzelnd, lächelnd, als sei Lachen schon das Ziel.

Am Ende des Walzers drückte Vater kurz die Finger. Leicht schwielige Handflächen, ein gutgelaunter, unermüdlicher Tänzer, der Blick ruhte stolz. Die Kapelle wechselte, schmetterte eine Polka. Er schaute mich nach den Drehungen an, als wäre etwas Besonderes vorgefallen, richtete die verrutschte Krawatte, legte die Hand auf den Oberarm, bahnte einen Weg durch die Menge. Wenn die Musik verstummte, verschnaufte man, flanierte untergehakt durch die Säle, trat ans Büffet, an die Sektbar, rauchte oder rauchte nicht. Die als Paare Bekannten gingen Hand in Hand, schmiegten sich im Gehen an die Schulter ihres Begleiters.

Daß etwas galant oder frech oder schwindelerregend entgegensegelte. Kam ein Lehrer näher und streckte den Arm aus, nicht fortzuschicken. Tiefliegende Augen hinter dicken Gläsern, heiter, gewitterhaft, während des Unterrichts geriet er oft in Wut. Seine schwere Pfote klebte auf dem Schulterblatt, die Füße wendiger. Unablässig gab er witzig gemeinte Andeutungen zum besten, Anspielungen. Der breite Hals steckte im Hemd, wetzte am Kragen. Glattrasiertes Gesicht, die Stirn überzog sich mit winzigen Tropfen, der einzige jüngere Lehrer. Er bedankte sich für den Tanz wie für ein Wiener Schnitzel.

Genausogut die Reihe der Tänzer. Die Art und Weise, wie der eine mich durch die Menge hindurchmanövrierte, umfaßte und tanzend fester und fester an sich preßte, Geruch nach Seife, Rasierwasser. Ein anderer streckte den Arm wie einen Speer, der nächste drückte die Hand merkwürdig fest in der seinen, stets von neuem aus dem Takt geratend, übermäßig den Arm schwenkend, obendrein das Bemühen, sich angeregt zu unterhalten. Dann wieder begabte Beine, eine Hand leicht wie ein Blatt, und es ergab sich ein flottes, schwungvolles Vergnügen, Bewegungen aus einem Guß. Es tanzte sich nahezu von selbst, ohne Umstände, ohne eigenen Willen, leichtfüßig und federnd, zu Dreivierteln und Sechsachteln, Walzer, Foxtrott, Tango. Stets ein wenig auf den Zehenspitzen, oder ein Beugen weit nach hinten, ein kleines Schwindelgefühl, ein Taumel, als ob die Füße den Boden überhaupt nicht mehr berührten. Alles zerstob, alles geriet ins Wogen, wirbelte durcheinander.

Die Kassettendecke schwankte, und die Wände bogen sich, die Fenster schmolzen, sich einwärts wölbend. Ein Summen, ein Fließen, auch das Kleid wie vergessen, gewechselt, zitronengelb, wildgrün oder königsblau. Ohne Saum, auf nichts gerichtet. Ein Gesicht schob sich über das andere, hellbraune Flecken. Verwischt die Gesichtszüge, warmes Wachs.

Etwas lenkte mich, dirigierte mich durch die Welt. Mit schlafwandlerischer Sicherheit führten die Füße über Hindernisse, unvermutete Glätten, Spitzen, Kanten. Eine Sicherheit, eine im Körper aufsteigende Erinnerung. Dieses Schweben über der Kurzsichtigkeit, einer hauchdünnen Eisschicht. Auf Seifenblasen balancierend, auf schiefen Absätzen oder einem schlüpfrigen Sprungbrett.

An den Wänden, dick gerahmt, die Porträts der Mitglieder eines adeligen Geschlechts, Adlernasen, Marmorglanz auf dem entblößten Hals einer Renaissancedame, rötlicher Schimmer auf den Wangen, eine geheimnisvolle Frische im Haar, Haarflechten leuchtend in blaßgoldenem Glanz, am hellsten das Gold der Sonne auf dem Himbeerrot des Stuhls, und das Himbeerrot des Stuhls im dunklen Gold des Parketts.

Erhitzte, lachende Menschen, man fächelte sich mit der Hand Luft zu, trank, aß, Brötchen senkten und hoben sich, ein Gläschen, und noch eins. Der Sekt stieg dreimal schneller zu Kopf, die Eitelkeit, beschwipst zu sein. Heiß, heißer, am heißesten, ich merkte kaum, was ich trank. Wie eine Schaukel glitt die Erregung in Erschöpfung, um wieder aufzuschwingen in ein neuerliches Glühen. Blicke flogen nach allen Seiten. Sie glitten von mir ab, Blicke, die ich nicht registrierte.

Da war er. Der nicht mit mir tanzte. So schick, so sportlich, so glatt, das untadelige Kinn, der Zipfel einer Illusion. Seine Arme, seine Schultern. Das *e* in seinem Namen leuchtete wie

Silber, kühl wie das Mondlicht. Er blieb eine unscharfe Kontur unter den tanzenden Paaren. Nie, daß ich meinen Namen aus seinem Mund hörte. Nicht einen Wink schenkte er mir, so von sich eingenommen, mit einer anderen beschäftigt, Rivalin. Ein schwarzer Rücken, der sich entfernte und kleiner und kleiner wurde. Für einen Moment verfinsterte sich der strahlende Saal, lief ein Frösteln durch den Körper, etwas hüllte mich in ein kaltes Tuch.

Die kleinen Zeichen der Aufmerksamkeit. Einer, den ich bisher immer abblitzen ließ, schob bittend den Arm vor, um mich aufzufordern. Die Drehungen stimmten, und die Wangen röteten sich. Nach einigen Tänzen gemeinsam nach draußen. Aus den offenstehenden Türen drangen die gedämpften Klänge der Musik, Lichter und Stimmen ergossen sich aus dem Saal. Auch andere lehnten über der Brüstung des Arkadenhofs. Dampfend blickte man im schwachen Lichtschein in den Winterhimmel, blies den Atem in die kalte Luft. Ich stand an der Wand, der kühlende Stein scheuerte am Rücken.

Als müßte ich es mir erst überlegen, während sich seine Lippen bereitwillig verzogen. Schweigsames Mustern. Er trat dicht heran, beugte sich zuversichtlich nach vorn. Der Kopf wich zurück, bis er nicht mehr weiter konnte. Seine Knie preßten sich an die Schenkel, saugend, schnappend, die Zunge drang ein, Speichel, Himmel, gaffende Novembernacht. Kleine Pause, nichts weiter, und die Knöpfe verliefen wieder auf ihren Sternenbahnen.

Das Stampfen in einem der Nebensäle, auf der Tanzfläche der Disko verschmolzen die Gestalten unter zuckenden Lichtflocken zu einem pulsierenden, schwitzenden Ganzen. Die Musik rauh und saftig, dann ruhig und sanft. In schummrigen

Winkeln und Nischen rutschten Hände abwärts, aufwärts, in Schlitze hinein, hierhin, dorthin. Ein Kneifen und Knutschen, man schlurfte Wange an Wange über den Tanzboden, ineinander verschlungene Figuren, auch Schüchternheiten. Die Stirn entfernte sich mit einem jähen Ruck von der Brust. Plötzlich fehlte etwas.

Im Toilettenvorraum zog ich für einen Augenblick die hochhackigen Schuhe von den schmerzenden Füßen. Aber das hatte ich nicht im Gefühl. Eine Mitschülerin bemerkte ihn, den Fleck, leise für sich, der Name für Tage und Tage, flach und warm und klebend. Ausgerechnet in dieser Nacht. Die Beine plötzlich weicher als zwei Fäden, das Fehlen der inneren Achse, die mich hielt. Kreisende Röte. Entgleitendes Spiegelbild. Am liebsten vor Scham unter dem Wasser verschwunden. Rann das Leben fühlbar wie. Ein Entsetzen, eine Entblößung. Ich starrte auf den Fleck. Unglücksstelle, die weiterwuchs, Biß.

Gläser klirrten, und Rauch wälzte sich in der Luft, und dann. Im Nu hatte ich einen Entschluß gefaßt. Die Farbe des Bluts, ich goß in einem unbeobachteten Moment den roten Rest eines Weinglases auf eine Stuhlfläche, rückte den Stuhl zurecht, faßte Mut, um mich zu setzen. Verdoppelt war das Rot, wie etwas Irrtümliches, ein Versehen. Rotweinviolett, beiläufig und zufällig. Ausgedient, verloren, erledigt, ein für allemal. Das Kleid flog vom Bügel wie von einem Zweig. Es tanzte keinen Walzer mehr.

★★★

Zweite Auflage 1997

Umschlaggestaltung: Ingeburg Hausmann
Autorinnenfoto: Jo Pesendorfer
Layout + Satz: AD
Herstellung: Grazer Druckerei
Bindearbeiten der Sonderausgaben: Lang, Graz

ISBN 3-85420-458-2 Normalausgabe
ISBN 3-85420-459-0 Sonderausgabe